Illustration by ちほ

Illustration by ちほ

Cover Illustration by ちほ

カイト(奏丘高校2年)
陰ながらみんなを支える副会長。物静かな文学青年で、人前は苦手。甘党。
ルカ(奏丘高校2年)
奏高一の美少女。リン・レンとは同じ中学出身で、かつての二人を知る。
メイコ(奏丘高校3年)
少人数の生徒会を切り盛りするヤリ手の生徒会長。みんなを引っ張る姉御肌。
レン(奏丘高校1年)
笑顔が印象的な、リンの幼馴染み。昔は双子と呼ばれるほどそっくりだった。
Illustration by ちほ

MIKU
今をときめくミステリアスな歌姫。リンの憧れ。遠い存在だが、実は…。
リン(奏丘高校1年)
レンに密かな想いを寄せる、ごくフツーの女の子。自分に素直になれない。

Illustration by ちほ

メランコリック

原作 Junky
著 ココロ直
イラスト ちほ

PHP

CONTENTS

甘いモノなんて嫌い。でも本当は好き。
かわいいモノなんて嫌い。でも本当は好き。
歌姫《MIKU》なんて嫌い。でも本当は好き。

レンなんて嫌い。でも本当は——

わたしは、きっと、こんなわたしが大嫌い。

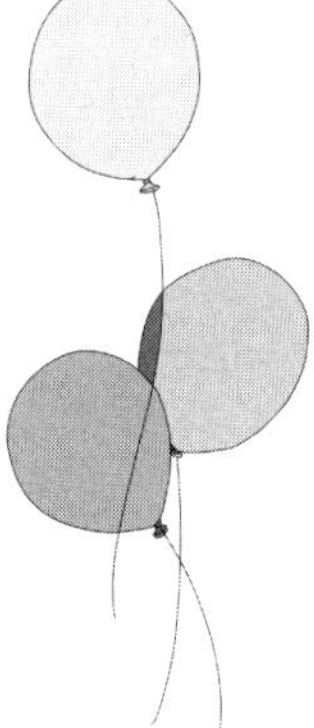

プロローグ
—Spring—

【4月6日（月）朝】

春はウソつきだ。

人の名前じゃないよ。季節の春。

風はあたたかくなって、きれいな桜が舞って、人の心は浮き立って。

雑誌の記事は華やかになって、服の色は明るく淡くなって。

誰もかれもが、新しい出会いがあるよ、素敵な季節が始まるよ、なんて言うけれど……。

わたしは一度だってそんなことを感じた覚えがない。

今日から変わったことといえば、通う学校くらいだ。

奏丘《かなおか》高校一年生

これが、今のわたしのプロフィール。これだけが。

「……は…」

ひらりと桜の花びらが、鼻先をかすめていった。

「…っくしゅん」

ひょっとして花粉症になりかけているのかもしれない。かなりかわいくない顔だったけど、どうせ誰も見てないし、まあいいや。

今は通学中。しばらく歩くと、ぽつぽつと同じ制服姿が目につくようになってきた。

角を曲がり、近道の公園を抜けると、このあたりの名物にもなっている桜並木の通りに出た。

視界がほとんど桃色になる。足を止めて見入っている人や、携帯で写真を撮っている人もいた。

ここを抜ければ学校だ。

(満開だなあ……)

すれ違うように流れていく花びらを、なんとなく目で追った。

知らずため息が漏れる。

なんだろう。こんなにもきれいに春色が咲き誇っている景色の中にいると、自分だけが置いてけぼりになっているような気持ちになる。

(なんだっけ、こういうの。こういう気持ち……)

落ちてきた花びらを手でつかまえようとしたけど、小さなそれはひらりと逃げていった。


全然つかめないきみのこと……♪


お気に入りの歌を小さく口ずさんだその時、背後から声がかかった。

「あっ、リンちゃーんっ」

思わずビクッとすくめてしまった首を回して振り返ると、見知った顔がこちらへ駆けてくるのが見えた。

「ルカ先輩」

見知った、といっても、このところメールくらいでしか連絡を取り合っていなかったから、実際に顔を合わせるのは一年ぶりだ。

この季節に似合うやわらかそうな髪をふわりと揺らして、ルカ先輩は私の横に並んだ。シャンプーなのかパフュームなのか、ほんのりと甘い香りが漂ってくる。

「またいっしょだね、リンちゃんっ」

「ですね。よろしくおねがいします」

自分のくせっ毛がちょっと恨めしくなって、少し涼しい首筋をなでた。美容院に行ったのは昨日で、それなりな感じになったような気がしていたけど……お母さんや美容師さんの褒《ほ》め言葉はあんまり真に受けないほうがいいみたいだ。

わたしとルカ先輩は、同じ中学の出身。知り合ったのは、そこの生徒会だ。すらりとしたルカ先輩は実際よりも背が高く見えて、相変わらず作りモノかと思えるほど肌が白く透き通っている。美人生徒会長と評判だったあのころよりも、大人っぽさが加わって、美しさに磨きがかかっているような気がする。

わたしたちは、他愛のないおしゃべりをしながら、これから飽きるほど通うのであろう道を並んで歩いた。

「あ、そうだ。ねえリンちゃん」

「はい？」

「ちょっとおねがいがあるんだけど……」

と、言いかけて、ルカ先輩はわたしの顔を、不思議そうにじっと見つめてきた。

長いまつげがぱちぱちと上下するのが見える。

「……へ？」

なぜ見られているのかわからなくて理由を訊《き》こうとしたところで、白くて細い指がわたしの顔に伸びてくる。

そしてルカ先輩は、おもむろにわたしの頬を両側から横に引っ張った。

「え？　え？　あろ、あんれふか……？」

「リンちゃんは笑ってる顔のほうがカワイイわよ。ふふふ」

と、いたずらに笑っている。

ちょっとあっけにとられてしまって、頭が働くまで間があった。

「も、もうっ。わたしはそういうのいいんですっ」

首をぶんぶん振って手を払い、わたしはちょっと唇を突き出してみせた。

強くつねられたわけじゃないから痛くはなかったけど、それ以上に驚きがあった。

（ルカ先輩って、こんなキャラだったっけ……？）

昔は、なんていうか、おしとやか？　清楚？　とにかくまさしくヒロインって感じの人で、わたしの学年でも憧れている人が男女問わずいた。生徒会でいっしょだった時も、きりきり仕事している印象があって、高嶺《たかね》の花オーラがすごかった。

（高校で変わったのかな……）

あのころはあのころでモテていたけど、今のこの自然な笑顔を見ると、きっともっとモテているんだろうなーと簡単に想像できた。

しかも、いたずら発言はさらに続き、

「あ、そっか」

白い頬に指を当て、ルカ先輩はこんなことを言い出した。

『彼』がいないからご機嫌ナナメなのね？　今日はいっしょじゃないの？」

「ど、ど、どうしてそこでレンが出てくるんですかっ！　あいつとはなんにもないです！」

「あら？　私、『彼』としか言ってないのになぁ〜。やっぱりレンくんが出てきちゃうのね」

「……っ……うぅ……」

ぐうの音《ね》も出ない、を体現したわたしの顔は、きっと真っ赤だっただろう。

ルカ先輩は相変わらずくすくすと笑っている。

わたしは、むぐむぐする口を必死に開いた。

「と、とにかく関係ないんです！　ルカ先輩は何か誤解してます！　わたしとレンはただの幼馴染みで家が隣同士ってだけで、ぜんぜんちっともそういうんじゃないですから！」

「そうなの？　ふ～ん……」

ルカ先輩は、ちょっと首をかしげて考えたあと、フフッと笑った。

「そっか」

今度は妙にご機嫌な様子で、にこにこ笑う。

意味がわからない。

(や、やっぱり変わった……ルカ先輩)

どっと疲れてしまったわたしに、しかし追撃があった。

「また同じ学校なんだから、いっしょに登校すればいいのに」

「い、いやです！」

「どうして？　小さいころは双子って言われるくらいそっくりで仲良しだったじゃない」

少しだけ胸がちくりとした。昔のことを思い出しかけて、ぶんぶんと首を振る。

「そ、その話はやめてくださいっ！　とにかくわたしは……レンと今さら……」

「オレがどうしたって？」

「ぎゃあぁーっ!!」

思わず絶叫して振り返ると、そこにそいつはいた。

わたしの幼馴染み、レン。まだ真新しい鞄を片手で肩に掛け、もう片方の手で耳をふさいで苦い顔をしている。

「朝から騒がしーなぁおまえ……。あ、ルカさん、おはよござッス」

軽い挨拶をして、ニカッと笑っている。人の気も知らずに。

「おはよー、レンくん。あれ、また背が伸びてない？」

「ええまあ、ちょびっと」

「すごい。もう見上げちゃうね」

手のひらを頭の位置まで挙げるルカ先輩を前に、レンは照れくさそうに首筋を掻《か》いている。

(デレデレしてるなぁ……)

わたしは、ドキドキがおさまらないのを悟られないように、息を整えて表情を作る。

(関係ない、関係ない。わたしには)

レンは、自然と隣に並んで歩き出し、こちらに視線を向けてきた。

「ハヨ」

たしかに、見上げる。わたしはルカ先輩より背が低いから、余計にだ。

「……お、おはよ」

いつもなら気付かないふりをして逃げるところだけど、さすがにこの距離では無視できなくて、小さく挨拶を返した。

するとレンは、目をゆっくりと細めて、口を横に開いて笑った。

この、くしゃっとした笑い方は、レンが本当にうれしい時にしかしない。小さいころからずっとそうだ。

それでもう、わたしはレンの顔をまともに見られなくなってしまって、ぷいっと顔をそむけた。

昔みたいに同じくらいの身長だったら、頬が赤いのを気付かれてしまっていただろう。

そこからは三人で歩いた。

わたしを挟んで、頭上でレンとルカ先輩の他愛のないおしゃべりが交わされている。間にいるちびっこだけが、いつまでもうつむいていて、足元に降りかかってくる桜の花びらをただ見ていた。

さすがにそれに気付いたルカ先輩が、心配そうにのぞき込んでくる。

「リンちゃん、どうしたの？　具合悪い？」

「えっ、あ、いえっ」

慌てたわたしの横で、レンが困ったなあという感じに言った。

「あー……いや、スンマセン。こいつ、いつもこうなんですよ」

「え？　そうなの？」

もうだめ。いたたまれない。

ますます顔を上げられずにいると、レンが一歩前に出た。

「えっとぉ……オレ、先に行ってますね」

「えっ！　ちょ……」

明らかに気遣いだとわかって、思わず呼び止めようとしてしまった。

けれど、わたしより先に、ルカ先輩が慌てて声をかけた。

「待って、レンくん」

「はい？」

「あとリンちゃんも」

数歩先へ行って振り返ったレンと、顔を上げたわたしに、ルカ先輩は言葉を続ける。

「言い忘れるとこだったわ。二人に折り入っておねがいがあるのよ」

そういえば、そんなことをさっき言いかけていた。

何だろうと思っていると、ルカ先輩は、言葉を待ってきょとんとしているわたしたちの顔を交互に見て、「こういう時の表情、そっくりね」と笑いを噛み殺してから、続けた。

「あのね、入学式が終わったら、ちょっと私に付き合ってほしいの」

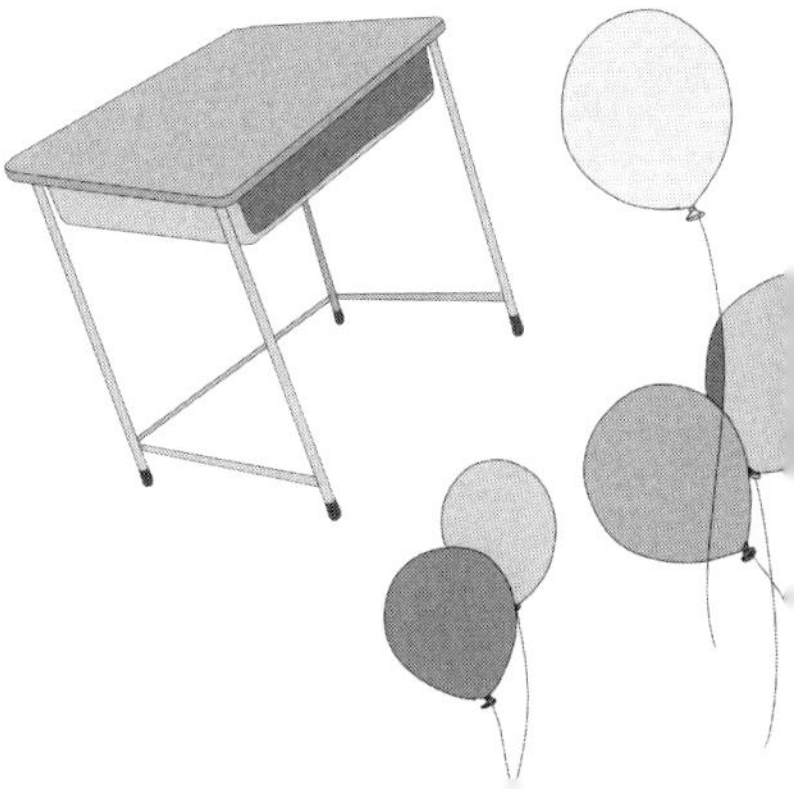

第1章
RIN on the stage

1　スキとキライ

【4月6日（月）　放課後】

わたしとレンは、ただの幼馴染みとはちょっと違っていた。

家が隣同士で、お互いの両親も仲がいい。特に母親同士が仲良しだったせいか、子どものころは同じ店で買った同じような服を着させられることが多かった。

同じ場所で、同じおもちゃを使って、同じように遊んだ。

いっしょに過ごす時間が長いと、自然とそうなるのか、外見も仕草も表情もそっくりだと、周囲からよく言われるようになって……いつしかわたしたちは名前ではなく、『双子』とくくられて呼ばれるようになった。

今はもう、そう呼ぶ人はいない。

理由は簡単だ。

「リン、行こーぜ」

ホームルームが終わって、鞄を手に取ったわたしのところへ、後ろからレンが声をかけてきた。

ビクッとわずかに上がった肩の力を抜いて、努めてゆっくり振り返る。

小学校のころは、すぐ目の前に顔があった。今そこにあるのは、胸だ。さっきの入学式ではさすがにきちんとネクタイを締めていたけど、早くもメンドウになったんだろう、もう首元がはだけている。

わたしは視線を、頭ひとつ分、上に向けた。

「……アンタ、ホントに伸びたね」

「ん？ そーか？」

と黒目を上に向けたレンは、無造作に外ハネした自分の髪を指でつまんでいる。

「いや、そこじゃなくてね……」

「え？ なんか言ったか？」

「……なんにも」

中学時代の、特に三年生の時に、レンはぐんぐん背が伸びて、体もわたしよりずっと大きくなった。あんなに似ていると言われていた声質も、レンはずっと低くなった。

外見だけじゃない。性格や仕草も、かなり違ってきたと思う。

レンは、昔はなんていうか、やんちゃで、泣き虫で、甘えん坊で、いたずらが好きで、でもなぜか周囲からは笑って許される、そんな子だった。

いっしょになって遊んでいたわたしも、似たようなものだったと思う。泣き虫なレンを引っ張るためにちょっと勝気なところはあったかもしれないけど。

でも今のわたしは……たぶん、あまり笑わなくなった。

「いやぁー。校長の話、長かったなァ。高校でも変わんねーんだな、ああいうの」

「どうせアンタ、寝てたんでしょ」

「ありゃ、見てたのか？」

「見なくてもわかるわよ」

レンは、「そりゃそーか」と言っておかしそうに笑った。

わたしたちは、同じ新入生たちが帰っていく廊下を反対方向に歩いて、渡り廊下へ出た。その先にある別棟へ向かうためだ。

「しっかしあれだな。同じクラスになるのも久しぶりだな」

「……まあ」

「一年間よろしくな」

レンの笑顔から、わたしは思わず目をそらしてしまった。

実のところ、こうして並んで歩くというのも久しぶりだった。中学では三年間ともクラスが違って、せいぜい登校時に背中を見かけるか、サッカー部でグラウンドを走り回っている泥だらけな姿を、校舎の窓から眺めているくらいしかなかったのだ。

接点がほとんどなかったから、自然と会話も減っていった。

「あ、こっちの校舎はちょっとキレイだな」

レンが言うように、職員室や図書室がある別棟は少し新しかった。壁を塗りなおしたのかもしれない。こちらまで来る生徒は少ないようで、静かだ。

空気も、ちょっとだけ冷たい。

パタンパタンという自分たちの足音を聞きながら、階段を上がる。

「なんなんだろうな、ルカさんのおねがいって。おまえ、なんか聞いてるか？」

「聞いてない」

「そっか。……っと、ここか、生徒会室」

わたしたちは、目的の場所にたどり着いた。

ルカ先輩に言われたのだ。放課後、生徒会室に来てほしい、と。

生徒会室の並びには、生徒指導室や視聴覚室があったが、入学式早々、用事がある生徒はいないのか、静かだ。

おもむろにドアを開けようとしたレンの手を思わず遮《さえぎ》って、「ノック」と注意した。

「あ、そか」

レンは手をグーにして、扉を二回叩いた。この素直さは昔のままなんだなと、ふと思った。

「どうぞ」

扉の向こうからかけられた声は、男の人のものだった。

レンが扉を横にスライドさせると、ちょっと印象的な光景が広がっていた。

普通の教室の半分くらいの狭い一室。壁には何かの資料が詰め込まれた棚がずらりと並んでいて、真ん中には向かい合わせで長机が四つ。並べられたイスのひとつに、一人の男子生徒が座っていて——印象的なのは光景そのものというよりも、彼の容姿だった。

どうやら本を読んでいたらしいその人は、組んでいた足をほどいて立ち上がった。手足がすらっと長い。かけていたメガネをはずして、まつ毛にかかっていた前髪を指で軽くどける。一連の動作に、なんだか静かな品のようなものが感じられた。

「やあ。もしかしてキミたちが、ルカさんの知り合いの新入生?」

ちょっと艶《つや》があって、低くて、張りのある、いかにも『男の人』っていう感じの声だ。

「レン君と、リンさん、だよね? 僕はカイト。二年生だよ。ごめんね、ルカさんちょっと遅れると思う。彼女のクラスの担任の先生、ホームルームが長いことで有名だから。あ、どうぞ座って」

わたしたちは顔を見合わせてから、カイトと名乗ったその先輩の向かいのイスに、促《うなが》されるままに腰掛けた。

「お茶でも飲む? 生徒会役員でお金を出しあって買ったものだから、遠慮しなくていいよ」

「あ、わたし淹《い》れます」

「いいからいいから、座ってて。お客さんなんだから」

立ち上がろうとしたわたしに微笑《ほほえ》みかけたカイト先輩は、窓際にある小さな洗面台で、電気ポットに水を入れた。お湯を沸かしながら、急須にお茶っ葉を入れている。

まだ事態が呑み込めていないわたしたちは、黙って座っているしかなかった。

「入学式はお疲れ様。校長先生の話、長かったでしょ。毎年あれで新入生の半分くらい寝ちゃうんだよね」

クスリと笑うカイト先輩に、実際に寝ていたレンは、苦笑しながら後頭部を掻いていた。

コポコポと音をたてて電気ポットの中身が沸騰してきたところで、扉がガラリと勢いよく開けられた。

「ごめーん！」

入ってきたのは、少しだけ息を切らしているルカ先輩だった。わたしたちを見るなり、手を合わせて拝み、慌ただしく鞄を置いた。

「ホームルームが長引いちゃって。新しい担任の先生が、話の長い人なの！」

「それもう説明したよ」

カイト先輩がくすくすと笑う。

「そう？　あー、話っていえば、校長先生の話、長かったでしょう？　あれで毎年半分くらい新入生が――」

「それも言った」

「え、そうなの？　あ、じゃあお茶淹れるから待ってて。生徒会役員でお金を出しあって買ったものだから、遠慮しないでね」

「それも言ったし、今淹れるとこだよ。ルカさんも飲む？」

カイト先輩がお茶っ葉の缶を掲げると、ルカ先輩はきょとんとした後、プッと噴き出して、「手伝うわ」と窓際に歩み寄った。

わたしたちの前に湯呑みが並べられると同時に、ルカ先輩が言う。

「そっかぁ。じゃあもしかして、リンちゃんとレンくんを生徒会に勧誘したいってことも、もう言っちゃった？」

「いや、それはまだ」

答えたカイト先輩の声にかぶさるように、わたしとレンの驚きの声が同時にあがる。

「「勧誘!?」」

「そーゆーこと!!」

突然の大きな声に、さらに驚く。

声の主は、カイト先輩でもルカ先輩でもなく、もちろんわたしたちでもない。

全員の視線が、開いたままになっていた出入り口に注がれる。

「よっ、新入生！」

そこに立っていたのは、満面の笑みを浮かべた女子生徒だった。

片手を腰に当て、もう片手……というか小脇に何冊もの分厚いファイルを軽々と抱えている。

リボンの色からすると三年生だが、高校生とは思えないほどグラマーな体型をしていた。ブラウスの前がブレザーごとはちきれそうで、堂々と胸を張っているから余計に大きく見える。あまりの色気に、ちらりと視界の端に入ったレンの顔などは、真っ赤になっていた。

彼女の正体は、ルカ先輩の呼びかけによってすぐに判明する。

「会長、お疲れ様です」

「えっ！　会長!?」

思わず出たわたしの声に、その女子生徒はケラケラと笑った。

「そ。アタシは三年のメイコ。一応この奏高《かなこう》生徒会の会長なんてやってるよ。まー、ガラじゃないんだけどね！」

いや、そんなことはない。

パッと見ですごくエネルギッシュな人だとわかる。生徒会長と言われれば即座に納得できるような人物だ。

ルカ先輩が高校で変わったのが誰の影響なのか、わかった気がした。

メイコ会長は、ドサッとファイルをテーブルに置くと、突然の展開についていけずにあっけにとられているわたしたちの前に立った。

「元双子のリンとレンだっけ？　なるほど、ルカの紹介だけあってなかなかやりそーだわ」

「も、元……」

その迫力に半ば圧倒されて戸惑うわたしと、同じようにぽかんとしているレンを前に、会長の言葉は力強くこう続いた。

「キミたち、うちの生徒会に入りなさい！」

♪　♪　♪

数分後、出されたお茶をすすってようやくわたしは落ち着いた。

不思議なくらい決断を急《せ》かしていた会長も、ルカ先輩とカイト先輩にまあまあとなだめられて、「それもそうね」とイスに腰掛ける。

目の前に並んだ先輩たちは、三者三様に笑っている。

少し緊張したが、わたしはなんとか口を開いた。

「えっと、その……生徒会っていっても、わたしたちまだ一年ですし、入学したばかりでこの学校のことも何も……」

「だからこそ今なのよ。ぼやぼやしてたら忙しい部活に獲られちゃうでしょ。思い立ったら即行動がアタシの信条なの」

フフンと胸を張る会長に、ますます焦ってしまう。

「で、でも、他の生徒会役員さんの意見も聞かなくていいんですか？」

すると、三人が顔を見合わせて、その笑顔を苦笑に変えた。言葉を選んだような間のあと、会長が頬をカリカリと掻きながら言う。

「あー……っと、まあそれは、べつにいいのよ。うん」

さっきまでと違って、なんだか歯切れが悪い。次の言葉を待っていたら、小さなため息とともにこう続いた。

「アタシたちで全員なのよ。生徒会役員」

「ええっ!?」

「んー……まあいろいろあってねぇ。たはは」

会長は苦笑を通り越して困っている。

反応からして、ウソをついているわけでも、からかわれているというわけでもなさそうだ。でも、ちょっと信じられない。

だって、わたしも所属していた中学の生徒会には、二年生と三年生がそれぞれ六人ずついたのだ。三年生が文化部長とか体育部長とか役職を割り振られて、二年生が各副部長を務めるという形だった。

まったく同じシステムだとは思わないが、全校生徒数も多く規模も大きい奏高にたったの三人しか生徒会役員がいないなんて、さすがに普通じゃない。

困っているらしい会長の横から、ルカ先輩が言った。

「そんなわけだから、人手が足りなくて仕事が回らない状態なの。よかったら手伝ってくれない？　リンちゃんも、レンくんも」

それにはレンがおずおずと答えた。

「いやぁ、中学で生徒会だったリンを誘うのはわかるんすけど、オレなんかが役に立つとは思えないっていうか……」

「そんなことないわ。レンくんなら大丈夫よ。もし何か入りたい部活があるなら、無理にとは言わないけど」

「え、いや……う～ん……」

何か考えたように、レンの言葉が止まる。

会長とルカ先輩からの熱のこもった視線、というか、懇願《こんがん》にも似たまなざしに、わたしたちは戸惑うばかりだった。

事態を動かしたのは、ずっと静かになりゆきを見守っていたカイト先輩だった。

「会長もルカさんも、気持ちはわかるけど、少し落ち着きましょう。彼らも考える時間が欲しいと思うし。ね？」

向けられた優しい視線に、わたしは小さく、でも何度もうなずいてしまった。

ぶはあ、と会長が大きく息を吐き、背もたれに身を預けて天井を仰いだ。

「まー、そうね。アタシもちょっと焦りすぎたわ。ゴメン」

「でも、きみたちが生徒会に入ってくれたらいいって思ってるのは僕も同じなんだ。レン君、リンさん、今すぐじゃなくてもいいからさ、よかったら前向きに考えてみてよ」

ようやく場の緊張が緩んで、わたしもレンも来週中に返事をするということで、約束をした。

レンは、何やら思うところがあるのか、あまり言葉を発していなかった。

思い出したように飲んだお茶は、すっかり冷めていて、さっき飲んだ時よりも苦く感じた。窓の外を流れる桜の花びらが目に入り、いつもと変わらない平凡な春だと思っていた朝の自分を思い返しながら、「エイプリルフールって、過ぎたよね？」なんてことを考えた。

【4月14日（火）朝】

新しい環境に慣れるのには、十日とかからなかった。

登下校の道のりにも、すぐに新鮮味がなくなった。桜も散りきって、道の片隅に踏みつぶされた桃色の名残《なごり》があるだけだ。

ただひとつ、どうしてもなかなか慣れないのは――

「おっす、リン」

背後からの声に、ビクッと飛び上がりそうになる。

登校の時もそうだし、教室でも同じだ。わたしの席が前のほうにあるから、レンから話しかけられる時はいつも背中からの不意打ち。心の準備ができていないから毎回こうして内心で驚かされることになる。

（こいつはホントにもう……人の気も知らないで）

隣に並んで歩き出したレンは、いつも自然体で笑っている。なんだか一方的に緊張しているこっちがバカみたいに思えてくる。

「なあ、今日の昼休み、生徒会室に行ってみないか？」

「何しに？」

「見学だよ。五月の行事の会議してるんだってさ。会長さんもいつでも見学に来いって言ってただろ。いっしょに行こうぜ」

レンから誘ってくるなんて、ちょっと珍しい。子どものころはいつもわたしから遊びに誘っていたものだ。

でも、懐かしさとうれしさは、一瞬で消えた。

素直にうなずいておけばいいものを、何も気付かないフリができない自分を、つくづくかわいくないなあと恨めしく思う。

「なんでそんなこと知ってるの？」

レンは照れ隠しのように首を掻いた。

「実はさー、昨日ルカさんに誘われたんだ。どんなことしてるのかも知りたいし。どうだ？」

「……わたし、行かない」

声が暗くなりすぎてしまって、慌てて付け足す。

「と、友達と学食行くし」

「そっか……」

レンは少しだけ黙って何か考えたようだったけど、結局、納得したみたいにひとつうなずいた。

入学式の日から、彼はなぜか生徒会の件に前向きで、面倒くさがって断るだろうと思っていたわたしのひそかな予想はハズれていた。

いや、そもそも、レンの普段の態度そのものが丸ごと予想外だった。小学生のころはもっと感情もダイレクトに表に出していたし、あまり接点はなかった中学でも元気なスポーツ少年というイメージだったから、こんなふうに思案する横顔なんて、想像できなかったのだ。

あるきっかけから疎遠になって、たまにレンから話しかけてきた時もそっけなくして、それでも知らないうちに目で追ったりしていたけど、わたしの見えないところで彼は変わっていったのかなあと思うと、胸の奥がもやもやした。

(どうせ……忘れてるんだろうなあ。あのこと……)

昔のことをリアルに思い出しそうになって、わたしは無意識にそれを拒否した。心に浮かんだもやもやを振り払いたくて、言うつもりもなかった言葉が口をついて出てしまう。

「レンは、生徒会に興味あるの？」

「ああ。まあまあ」

「それって……ルカ先輩がいるからじゃないの……？」

「あー。そうかも。知らない人ばっかだと、さすがになあ」

あっけらかんとした答えだ。

わたしの訊《き》いた意味とは、きっと違う。

ルカ先輩は、レンが所属していたサッカー部のマネージャーも務めていた。生徒会と受験で忙しくなるからと、三年の夏を待たずにマネージャーの役割のほとんどを後輩の子に引き継いでいたけど、試合の時なんかは卒業後でも応援に行っていたらしい。

わたしが知っているレンの部内での活躍は、ほとんどがルカ先輩からの伝聞だ。

「アンタ、もうサッカーやらないの？」

「……だな。高校では違うことしたいなーって思ってたし」

「キャプテンまでやったのに？」

「だからもう十分かなーって。飽きちゃってさ。ハハハ」

「いーかげんなヤツ」

レンは昔から、ひとつのことをとことん突き詰めてやるタイプだったから、ちょっと釈然としなかった。変に妥協を覚えたのか、それともそんなにあの生徒会が気になるのか、どっちにしてもあまりうれしくない。

でも、あの三人が並んでいる光景は、たしかに印象的だったかもしれない。あのあとも会話があったけど、会長は第一印象のとおりサッパリと気持ちのいい性格のようだし、カイト先輩は思慮深い文系青年という感じ。気配り上手のルカ先輩が間に入って、いいバランスが保たれていると思った。

レンがあの光景を気に入ったのもわかる。

「なあ、リン。おまえもやろーぜ、生徒会」

「え？」

「せっかく誘われてるんだしさ。おまえがいっしょならオレも安心だし」

「……」

きっと、なんの気なしに言ってるんだろうけど、思わず口元が緩みかけた自分が悔しい。

そうだ。

どうせ気付いていないんだ、こいつは。

なんにも覚えていないんだ。

わたしの気持ちなんて……考えたこともないんだ。

バシッ！　と鞄をレンの背中、には届かなかったからお尻にぶつけた。

「いてっ。なんだよ」

「どーせわたしに面倒な仕事押し付けられるからでしょっ」

強引に話を切り上げて、わたしは駆け出す。

背後で呼び止める声も聞こえたけど、学校に着くまで足を止めなかった。

(生徒会か……)

そういえば、もうすぐ返事をしなければいけない。

(どうしよう……)

わたしは、たぶん、あの生徒会に興味がある。

でも、何かがブレーキになって、踏みきれない。

その原因は、もうわかっているけれど。

♪　♪　♪

放課後、わたしは生徒会室の前にいた。

レンは昼休みに見学に行ったようだったけど、結局わたしは行かなかった。でもやっぱり見学はしておきたい。

とはいえ、なんとなく思い立って来てみただけで、約束していたわけではない。予想はしていたが、扉の向こうに人の気配はない。

扉を開けようと試みたが、鍵がかかっていた。

（タイミング、悪かったかな）

仕方なく帰ろうと振り返ったところで、聞き覚えのある声に呼び止められた。

「あれ、リンさん？」

「あ……」

見ると、両手に大きな灰色のビニール袋を提《さ》げたカイト先輩が立っていた。

「ひょっとして、見学？　会議は昼休みに終わっちゃったんだ。せっかく来てくれたのに、ごめんね」

「い、いえ、わたしが勝手に来ちゃっただけなんで」

「そうだ。よかったら、お茶でも飲んでいってよ」

そう言ってカイト先輩は、ポケットから鍵を取り出す。断ろうかと思ったけど、鍵を開ける時に一度荷物を預かったから、そのままの流れで室内に入った。

「すごい荷物ですね。これなんですか？」

見た目に反してとっても軽くて、ちょっと気になった。

「ああ、これ？　えっとね」

カイト先輩がビニール袋の口を開けると、中からあふれんばかりのお菓子が飛び出してきた。

「うわぁ！　えっ、これ全部お菓子ですか？」

「そうだよ。お茶請け。この間は切らしてたから」

にこにこ顔でそう言われたが、すごい量だ。

チョコやクッキーや大福やマドレーヌ——和洋折衷《せっちゅう》いろんなお菓子があとからあとから出てくる。まるでちょっとしたお店のような品ぞろえだ。

カイト先輩はそれらを、洗面台周りの収納にテキパキと仕舞っていく。

「それもみんなでお金を出しあって買ったんですか？」

「ううん。これは僕の自腹だよ」

「ええっ！　これだけあったらすごい値段なんじゃ……」

「大丈夫。問屋さんからまとめ買いしてるから安いんだ。それに、結局これも八割くらい僕が食べちゃうからね」

「え……」

「こういうのに目がなくてさ。ハハ」

「……」

照れくさそうに笑うカイト先輩だったが、わたしは思わず異星人でも見るかのような目を彼のスリムな体に向けてしまった。

（そんなに食べて、どこに消えてんのよ……）

女の子が聞いたら誰もがうらやましがるに違いない。

やがてカイト先輩が手際よく淹れてくれたお茶の横には、おいしそうな豆大福が置かれた。

「さあどうぞ。足りなかったらもっとあるからね」

言いながら、すでに自分はかぶりついている。大人っぽい顔立ちが緩みきっていて、なんともまあ幸せそうだ。

「えっと、あの……わたし、甘いものはちょっと……」

申し訳ないと思いつつ断ろうとしたが、カイト先輩は心底驚いたように目を見開いた。

「えーっ、ウソだぁ！　リンさんはゼッタイ甘党だよ。僕の目はごまかされないよ？」

自信満々に言い切って、仲間を見る目でにっこり笑いかけてくる。

「僕ね、甘党かどうかだけは確実に判別できるんだ。他のことはてんでニブいって会長やルカさんによく言われるんだけどね」

「す、すごい特技ですね……」

「ああ、わかった。ダイエットでしょ。心配ないよ、リンさん背が小さいから自分ではそう見えてるのかもしれないけど、そんなに太ってないよ？」

（ぐ…っ!!　く、悔しい。当たってるところがまた……っ）

なんてナチュラルに心を抉《えぐ》ってくる人なんだ。ニブいと言われて当然だ。

中学生活のすべてを甘いもの嫌いで通したのに、その努力がこんな一瞬でぶち壊されるなんて。

（泣けてくるわ……）

ダメージでぐったりしているわたしの状態には気付きもせず、カイト先輩は有無を言わせぬ笑顔でわたしのほうへと大福を押しやり、自分はすでに二個目にかぶりついていた。

なんだか意地を張るのもバカバカしくなって、わたしも観念してあんこたっぷりの大福にかじりつく。

「おいしい？」

「ううっ……はい、とても……」

なんで顔をしかめているのか、自分でもわからない。

悔しいけどすごくおいしい。

「うんうん。素直が一番だよ。好きなものは、ちゃんと好きって言ったほうが楽しいよ、きっと」

「……」

おそらくカイト先輩は何も意図せずに言ったのだろう。けど、わたしは思わず固まってしまった。

なんだか、内心を見透かされたような気がしたのだ。

「そう……ですよね」

自分でもわかっているのだ。

わたしが生徒会に入ることを決断できないのは、わたし自身のちっちゃなプライドのせいだと思う。

生徒会に入る理由を、レンといっしょにいたいからだと思われたくない。

本当に、ただそれだけのことなのだ。そんな考え方をする自分を認めたくなくて、意地になっている。もう、痛いほどよくわかっている。

でも、わたしは――

「カイト先輩」

何も変わらないと思っているこの春という季節に、一矢報《いっしむく》いたい。そんな思いも、ある。

「わたし、やります。生徒会」

「えっ、ホントに？」

「はい。よろしくおねがいします」

わたしが頭を下げると、カイト先輩はさっきまでと違う大人びた笑顔になって、こちらこそそと二個目の大福を勧めてくれた。

♪　♪　♪

翌日、わたしは、自分からレンに言った。

「いっしょにやろうよ。生徒会」

レンは、「へあっ？」みたいなマヌケな声を出して驚いてたけど、すぐに笑顔になってうなずいてくれた。

2 アメとアマノジャク

【5月27日（水） 放課後】


生徒会は、想像以上に忙しかった。

「レン。これの去年の資料ある？」

「ほらよ。あとこれも」

「ありがと」

棚の高いところから引き抜かれた、少し埃《ほこり》のついたファイルを二冊受け取る。

「あ、リン。部費の振り分け申請、できてるか？」

「できてるよ。これ一覧」

「おおっ。おっと、部長会の連絡も流さないとな」

「明日わたしがやるよ。その前に教室と備品おさえとかないと」

「オッケー。じゃあオレが行ってくる」

教室を出ようとしたレンの前、生徒会室の出入り口のところに、いつの間にかメイコ会長が立っていた。

「さっすが、元双子。息ぴったりじゃない」

「そ、そんなことないです！」

思わず否定してしまったわたしに、会長はいたずらに笑いながら、自分の仕事を始めた。

レンが廊下へ出ていくと、入れ替わりにルカ先輩が入ってくる。

「ただいまー。あれ、リンちゃんどうしたの？　顔赤いわよ？」

「な、なんでもないですっ！」

首をかしげるルカ先輩と、笑いをこらえる会長の視線から逃げるように、去年の資料を調べながらパソコンに打ち込む。

会長がちらりと画面をのぞき込んできた。

「いやー。リンがパソコンに強くて助かるわ。うちって今までそこ弱かったんだよねー」

「ど、どうも……」

そうは言うけど、必要なものを簡単にデータ化しているだけだ。調べるのが面倒なだけで、なにも難しいことじゃない。

今のメンバーがパソコンに弱かったのは事実なようで、資料もポスターも前からあるテンプレをちょっといじるくらいしかできなかったそうだ。既存のソフトで簡単なレイアウトの新しい資料を作ったら、歓声があがったほどだった。

とはいえ、自分にできることがあってホッとしたのも事実で、すすんで引き受けた。

このことがなくても、会長たちは気を遣ってくれているのか、さっきみたいによく話しかけてくれる。

(おもしろがられてるだけってフシもあるけど……)

マウスをカチカチ動かしていると、会長がわたしの胸元に気付いた。

「リンってよくそれ持ってるよね。音楽好きなの?」

携帯型の音楽プレーヤーだ。登下校の時や、暇な時に聴く。

「ま、まあ……」

「へえ~。アタシもさ、これでも昔はバンドやったりしてたんだよ。どんなの聴くの?」

「い、いろいろです」

「ロック? ポップス? MIKUとか?」

「MIKUは聴きません!」

思わず強い口調になってしまって、慌てて言い直した。

「えっと……小さいころから好きなのとか……です」

「ふーん。んじゃあ懐メロとかアニソンって感じ? へえ~、意外」

そういうわけでもなかったが、これ以上ツッコまれたくなくて、仕事に集中するふりをした。

わたしの悪い癖だ。

好きなことよりも、嫌いなことにこだわる。

あの日から、ずっとそうだ……。

♪　♪　♪

帰り道は、レンといっしょだった。

生徒会のあとは、だいたいこうなるのがいつもの流れになっていた。途中までルカ先輩もいっしょのこともあるが、今日は二人だけだった。

例年より早く梅雨《つゆ》入りした空は、朝はなんとか曇りで留まっていたが、午後からは泣き出した。

傘がぶつからない距離で歩いているけど、レンの傘はやたら大きくて、並ぶと車道にはみ出してしまう。

「おまえ、危ないし、こっち入ったら？」

「入りません！」

「そか？」

気楽な調子のレンから少し距離を取りながら、結局、黙々と歩くことになった。

家が見えてきたころに、レンが言った。

「あ、そーだ。この間の本返すよ。あとで持って行っていいか？」

今度の芸術鑑賞会で演じられる演目の原作だ。

図書館では貸し出し中だったが、来校する劇団の人に生徒会で挨拶をするから念のため読んでおけ、という会長の指示で、たまたまわたしが持っていたのを貸したのだ。

「いいよ。待ってる」

「じゃあ上がってけよ。濡れるだろ」

すこし躊躇《ちゅうちょ》したけど、「そうする」と答えた。

レンの家に入るのも、久しぶりだ。たまに親のおつかいでおすそ分けを持ってくる時も、入るのは玄関までだった。

おじゃまします、とは言ったけど、誰もいないようだった。レンの後ろについてそのまま二階へ上がる。

「わりーな。散らかってるけど」

言うほど散らかってはいなかったが、結構モノが多いな、という印象を受けた。部屋の隅に置いてあるギターと、それにつながっているよくわからない機械類のせいだろう。

「……まだ、ギターやってたんだ」

思わず出てしまったつぶやきに、レンは笑って答える。

「おう。わりと毎日弾《ひ》いてるぞ」

「そうなの？　音してないけど？」

「ヘッドホンで自分だけ聴こえるようにしてるんだ」

「ふ〜ん……」

——彼がギターを始めたのは、忘れもしない、小学五年生の夏だった。

こんな機械っぽいのじゃなくて、親戚からもらったという古い感じのギターを持っていた。

そのころわたしは歌うのが好きで、でも演奏の難しさなんて知らなかったから、無茶な曲のリクエストをしてよくレンを困らせていた。

「そのうちなんでも弾けるようになるから、待ってろ」

とレンは言った。

単純なわたしは、自分の歌に合わせて演奏してくれるんだと、勝手に思い込んでいた。

それが、大きな間違いだった。

「……」

「ほら、本。アリガトな」

昔のことを思い出して考え込んでいたわたしは、ハッと意識を戻した。

「なんか飲んでくか？」

「う、ううん、いい。遅いし、帰る」

「そっか」

見送られて玄関を出ると、自然と早足になっていた。家に帰ると「ただいま」とだけ言って、二階にある自分の部屋に飛び込む。

着替える気にもなれなくて、そのままベッドにごろんと寝ころんだら、小さなため息が漏れた。

（嫌なこと思い出しちゃったなあ……）

わたしの今の性格を、一言で表すなら、『あまのじゃく』だ。素直じゃないとか、友達にも散々言われた。

自分でもイヤってほどわかっているのだ。

そうなったきっかけも、よく覚えている。

あれは、小学六年のころ。レンが昼休みに教室で男の子の友達と話しているのを、たまたま廊下で聞いてしまったのだ。その時レンは、強くこう主張していた。

『リンのことなんか好きじゃない！　双子でもない！　ギターだってＭＩＫＵが好きだからやってるだけだ！』

ショックで言葉が出なくて、そのままランドセルも持たずに帰ってしまったのを覚えている。

レンには気付かれてなかったようで、そのあとわたしのランドセルを家まで届けてくれた時も、具合が悪いのではと心配してくれたそうだけど、わたしは……顔を合わせられなかった。


その日からだ。わたしがレンを避け始めたのは。

小学校の高学年だったから、いつもいっしょに遊ぶという感じでもなかったが、それでも仲はよかった。双子とも呼ばれていたし、何かとペアにさせられていたけど、わたしたちも周囲もそれを普通のことと受け止めていた。

でも、わたしはそれらをすべて無言で拒絶するようになった。

レンが好きだというものを、わたしは嫌いだと言った。

笑顔も、おしゃべりも、みんなでワイワイやることも、ぜんぶ嫌いだと言った。正反対になることで、双子だと呼ばれないようにしたのだ。当時デビューしていきなり大人気歌手となったMIKUも、レンが好きだと言ったから、わたしは嫌いだと言い張った。

それ以来、好きだった歌は「携帯型プレーヤーでこっそりと聴くもの」になった。

今もプレーヤーに入っているのは、当時から本当は好きだったMIKUの歌だ。

あれから数年が経ち、冷静になった今なら、なんとなく、あの時のレンは友達にからかわれて売り言葉に買い言葉で言ったんじゃないかと思うこともある。

(でも……もし本心だったら……)

そう考えると、胸が痛くて耐えられない。

レンの考えていることも、わからない。

あいつは中学からサッカーに夢中になって、共通ではない友達もたくさんできた。でも、顔を合わせればいつも話しかけてくる。わたしはそれをいつも冷たくあしらう。その繰り返し。我ながらひどいと思うのに、レンはちっとも気にしていないように見えた。

それは、気にするほどのことでもないから？　好きじゃないから？　そんなふうに悩むのがイヤで、ますますレンを避けた。

まさか高校でこんなふうになるなんて、思ってもみなかった。どう対処していいのか、わからない。

それに、今さら振る舞いを変えることもできない。「ツンツンして笑わないわたし」はもう、そうと意識しなくても自然に表に出てきてしまうようになったのだ。

だったら別に、不便でもないし、このままでいい。

そう。いいんだ。このままで……。

（いいんだ……）

【6月1日（月）　昼休み】

高校に入ってから、新しい友達もできた。

この時期になるともう、グループのようなものも決まってくる。わたしはだいたい決まった三、四人とよく話すようになった。それでもなお、生徒会のメンバーといっしょにいることが多かったが。

レンは明るくて社交的な性格もウケて、クラスではすぐに人気者のポジションとなった。男女ともに友達も多いようで、休み時間はいつも誰かにつかまっている。

「リン、生徒会室行こーぜ」

昼休みは、二日に一度くらいのペースで生徒会室に行く。やるべき仕事が多いのだ。

そういう日はだいたいレンから声をかけてくる。

「アンタ、いいの？　友達は？」

「いーのいーの。優先順位ってもんがあるだろ」

「……冷たいやつ」

「ん？　おまえ何笑ってんだ？」

「笑ってない！」

慌てて無表情を作る。

同じクラスに小学校からの知り合いはいないけど、わたしたちが昔は双子と呼ばれていたことは、どこからか噂が流れて知られていた。いっしょにいても、そういうものだという認識のようで、何も言われない。この扱いは、少し懐かしくもあった。

「レンくーん！　どこ行くのー？」

「いっしょにご飯食べようよー」

廊下で知らない女子生徒が二人、話しかけてきた。別のクラスの子たちのようだ。

「あー、ワリィ。生徒会あるから。じゃあな。リン、行こう」

そっけなく、レンは手を振る。

去り際、わたしに向けられた二人の視線が痛かった。

「……いいの？」

「あー、なんか、ニガテなんだよなー」

レンはけっこうモテるという噂を聞いたことがある。

そういえば入学してすぐに知らない女子から紹介を頼まれて断ったこともあった。

「さっきの二人には見えなかったみたいだけど、基本おまえといるの見えれば、生徒会の仕事だと思われてあんま話しかけられないから、助かるわ」

（それって……ゼッタイ違うと思う……）

昔からそうだ。

とんでもなくニブいくせに、困っている人は放っておけないのか、問題事にすぐ首を突っ込んで、そのたびに感謝されて好かれて、でもやっぱり気付かない。そんな不毛なループ。

小さいころから気が優しく、とにかくカワイイカワイイと言われて育ってきたからか、今もなお好かれることにひたすら鈍感なのだ。

（ある意味、ものすごく厄介《やっかい》よね……コイツ）

そんなことを考えているうちに、生徒会室のドアが見えてきた。

中から話し声が聞こえる。先輩たちはもう来ているようだ。

ところが、扉に手をかけようとしたところで、勝手に扉が開き、珍しく血相を変えたカイト先輩が飛び出してきた。

「わあっ！　あ、た、助けてよ二人とも！　会長を止めて！」

レンの背中に隠れたカイト先輩に、室内からメイコ会長が両手の指をわきわきさせて今にも襲いかかろうかと様子をうかがっているのが見えた。

「観念しろ、カイト～。これも生徒会の宣伝のためだ～っ」

「イヤですってば！」

事態が呑み込めないわたしたちに、カイト先輩が早口で言う。

「か、会長が今度の球技大会で僕に女装をさせるって言うんだ！　球技と女装って意味わかんないですよ！」

「わかんなくていいのよ。女子からのリクエストなんだから」

「主に会長からのでしょう！」

会長は、生徒会の宣伝に命を懸けている。次の代替わりで人数を増やしたいのだそうだ。一度言い出したらきかないであろうことは、わたしたちにもうわかっていた。

「あの、カイト先輩……あきらめたほうが……」

「イヤだよ！　あっ、そうだ、女装ならレン君がいいんじゃないですか？」

「ええっ！　オレ、無理っすよ！　女装ならリンのほうが……」

「わたしは元から女だーっ！」

結局、カイト先輩はそのまま逃げ出し、次に目を付けられそうになったレンもそれに続いた。

静かになった生徒会室で、わたしと会長と、ずっと笑っていたルカ先輩が残される。

「ちぇ～、なんだよ。こっちは生徒会長だからってメイクもアクセも我慢してるんだし、ちょっとくらいストレス発散させてくれたっていいじゃん。かわい～くしてやるのに」

「会長、自分のストレス発散って言っちゃってますよ」

ツッコむルカ先輩につられて、わたしも笑った。

そのあと戻ってきた二人に説得されて、今回はあきらめたようだったけど、そのうちやってやる、と会長は燃えていた。

生徒会にもすっかり馴染んだ。レンはよくカイト先輩とセットで会長にいじられていて、そういえば昔から年上にウケがよかったなあ、と懐かしく思った。他にも力仕事を任せられるといって重宝されているようだ。

わたしは例によってパソコン係。

それぞれお弁当やパンを食べて、自然と各々の仕事に取り掛かる。

しばらくすると、窓にぽつぽつと水滴が当たり始めた。

「ありゃあ。今日も降ったか」

会長が顔をしかめる。

「今年はよく降りますね」

お茶を淹れていたカイト先輩も窓際で暗い空を見上げた。

その時は、この雨があんなどしゃ降りになるなんて、思ってもいなかった。

♪　♪　♪

「うわっ、すげーなこれ」

放課後、生徒玄関でレンがあきれたような悲鳴をあげた。

お昼に降り出した雨は、今は叩きつけるような豪雨に変わっていた。

「台風来るとか、ニュースで言ってたか？」

「聞いてないけど、どうだろ」

わたしも靴を履きかえて軒下へ出る。跳ねた水が足元にかかるほどの勢いで、台風と言われても納得できた。

しかし。

レンは傘を開き、わたしも折り畳み傘を出そうと鞄を開けた。

「あっ……」

ない。

あるはずの黄色い折り畳み傘が、なくなっている。

(そういえば、昨日ベランダに干してそのままだったかも!)

思い出しても、もう遅かった。

ということは、このどしゃ降りのなかを……?

「どうした?」

レンに声をかけられ、ぎくりと身をすくめた。

「あ、えっと、その、教室に忘れ物しちゃって」

「じゃあ戻るか」

「いいよいいよ！　先に帰ってて！」

「……」

首をかしげるレンを置いて、わたしは再び上履きに履き替え、教室へと走った。

「フゥ……」

教室には、誰も残っていなかった。

なぜこんなことをしたのか、よくわからない。

でも、あのまま傘を忘れたことを言えば、きっとレンは傘に入れてくれる。二人で同じ傘に入って帰ることになる。

（そ、それはちょっと……ハードル高い……）

想像するだけで顔が赤くなる。

それに、いくらレンの傘が大きいといっても、二人で入ったら狭いはずだ。あいつのことだから、わたしに気を遣って自分の肩をびしょ濡れにする可能性が高い。

それに……。

（ちょっと時間つぶして帰ろ……）

することはないが、自分の席に座ってみる。

（一人だと広いなあ）

いつもは賑《にぎ》やかな教室も、今はちょっと空気がひんやりしていた。

強い雨の音だけが聞こえる。

少し疲れていたのかもしれない。

窓にあたる雨音のリズムを聞いていると、わたしはいつの間にかうとうととしてしまった。

♪　♪　♪

「あれー？　ねえレン、わたしの傘知らない？」

小学四年生のわたし。

ひどい雨の日、学校から帰ろうとすると傘がなかったのだ。誰かが勝手に持って帰ってしまったらしい。

「なんだよ、忘れたのか?」

「忘れてないもん!」

まだ背の低いレン。このころはいつも半ズボンだった。

レンもわたしも、どうしようかと悩んでいたと思う。

そうしたら、先生が言ったのだ。レンくん、お隣さんだから傘に入れてあげて、と。

「いいよ。ほら、行こーぜ」

レンはちょっと不満そうだったけど、わたしの手を引いて、自分の傘に入れてくれた。

その時のわたしは、恥ずかしいとか、照れくさいとか、そういう感情はまだ知らなくて、でも、なぜこんなにドキドキするのか自分でもわからなかった。

二人とも不自然なほど無言で、家路を急いでいたと思う。

そんなところを、水たまりで遊んでいたクラスの男子に見つかったのだ。

「あーっ! レンがリンと相合傘してるーっ!」

「ヒューヒューっ、熱いよーっ」

わたしは、ふいのことにただ驚くだけだった。そうか、これは相合傘なんだと、その時になって気付いたくらいだ。

でも、レンは違った。怒鳴り返したのだ。

「そんなんじゃない！」

レンは持っていた傘をわたしに押し付けた。勢いで受け取ってしまったら、彼はそのまま雨の中へ飛び出し、走って行ってしまったのだ。

「レン……」

ぽつんと取り残されて、わたしは、めそめそ泣きながら帰った。なぜだかどうしようもなく悲しくて、涙が止まらなかったのだ。

「レン……ごめんね……」

♪　♪　♪

ゴロゴロゴロ——

大きな音で、目が覚めた。

教室は相変わらず静かで、窓の外はさらに暗くなっていた。

「いけない！　寝ちゃったよ……」

時計を見ると、あれから三十分ほど経っていた。

雷が鳴っている。さすがにまずかった。

生徒玄関へ急ぎながら、携帯を見る。

「お母さんに迎えに来てもらおうかな……。あー、だめだ、今日は出かけて遅くなるって言ってたっけ」

変な夢を見た。

自分でも忘れていたと思っていた思い出なのに。きっと、似たような状況になったことがきっかけになったんだろう。

まさしく夢のままの出来事が、過去にあった。

あの時の取り残された寂しさは、次の日、レンが風邪で熱を出して欠席していると聞かされた時、たまらない申し訳なさに変わった。

さっき逃げてきてしまったのも、とっさにそれを思い出したからだ。

わたしにとって雨は、ずっと、寂しさと申し訳なさの象徴だった。

「もう走るしかないなあ」

憂鬱《ゆううつ》な気持ちで靴を履きかえると、そこには、思いもよらない人影があった。

「ヨォ。遅かったな」

「えっ、レ、レン!?」

ニッと笑うレンがそこにいた。

ずっとこの軒先《のきさき》に座って待っていたようだ。

「な、何してんの、アンタ……」

レンは、大きな傘を広げて、雷に顔をしかめてから、なんでもないことのようにこう言った。

「オレさ、なんでか知らないけど、たまーにおまえの考えてることがわかるんだよな」

「……」

「ほら、会長が言うところの、元双子だし？」

肯定も否定もする隙は与えられず、手を引かれた。

わたしが傘を忘れたことも、それを言えなかったことも、お見通しだったということか。

素直じゃない、好きなものも嫌いと言うわたしの性格を、レンは、実は誰よりも理解しているのかもしれない。

つながれたレンの手は、あのころと違って大きく、温かかった。

「ひでえなこりゃ。おい、肩濡れるぞ」

引き寄せられて、体がくっつく。

でも、今は。

わたしは何も言わなかった。

(レンは……あの時のこと、覚えてるのかな……)

見上げた横顔からは、何もわからない。

聞くのもなんだか恐かった。

そんな時だ。

「お、レン」

知らない男子生徒が、ビニール傘をさして走りながら声をかけてきた。

「いいなーオイ。見せつけやがってー」

なんてことのない、本気でもない、ちょっとした冗談だったのだろう。

でも、その瞬間わたしは、自分の身が硬直したのがわかった。

だけど。

「いいだろー。存分にうらやましがれー」

「え……」

見上げると、レンは笑っていた。

その男子生徒も、親しげな悪態をつきながら、そのまま走っていった。

あっけにとられるわたしの様子に、レンは気付いていないようだった。

雨が少しだけ弱くなった気がする。雷も遠くなった。

傘にバタバタと当たる雨音にまじって、レンのため息が聞こえた。

「ホント、降るなあ」

「……だね」

「おまえって、雨、好きか？」

ずっと手をつないだままなことに、レンはたぶん気付いていない。

ちゃぷん、と水たまりを踏んで、わたしは答えた。

「き、嫌い……」

3　ヒミツなキモチ

【6月22日（月）　放課後】


「うう～～～～～～～～～～～～～～～～～～～～～～～ん……」

ある日の生徒会室に、盛大なうなり声が響き渡る。

ちょうど室内に入ってきたレンが、苦笑した。

「なんか廊下まで変な生き物の鳴き声が聞こえてきたんすけど」

「誰が変な生き物だーっ、このハネ毛ボウズがーっ!!」

会長が飛びかかって、レンの頬を両側から引っ張った。

「いひゃいよかいひょーっ！」

じたばた暴れて逃げたレンは、よっぽど痛かったのか、カイト先輩の背後に隠れて半泣きで頬をぐにぐに揉《も》む。

「ったく、人が悩んでる時に」

よしよしとレンを慰《なぐさ》めながら、カイト先輩が訊いた。

「何かあったんですか、会長？」

わたしも、ルカ先輩も、会長を見た。

この人が悩むなんて、はっきり言って珍しい。

「ま、いいや。全員そろったし、ちょっと聞いてよ。緊急会議」

ふいの真面目な顔に、全員が慌ただしく席に着いた。

次の一言を待っていると、もう一度悩ましげに顔をしかめた会長が、こう言った。

「リンとレンは初めてだろうけど、九月に文化祭があるのよ」

それは知っている。その文化祭を最後に会長が引退して、代替わりすることも。

ひょっとすると、新会長とか、足りなくなる人員をどうやって補充するかとか、そういう話だろうか。そう思っていると、会長の口からは予想外な言葉が飛び出してきた。

「それでね、文化祭でさ、アタシらで何かステージ発表することになったんだ」

え？　という表情が並んだ。ルカ先輩やカイト先輩の反応から、これが毎年のことではなくて突然の提案なんだとわかる。

「生徒会で出し物をする、ってことですか？」

カイト先輩の質問に、会長がうなずいた。

「先生からの依頼なんだ。生徒会の宣伝も兼ねて、ってことらしいよ。つっても本来の裏方仕事が山ほどあるから、あんまり準備時間もとれないんだけどさ」

会長のため息は深かった。

「何をやるかもまかせるってことなんだけど、なんかいいアイデアない？」

しばらく考えたような間のあと、カイト先輩が答えた。

「じゃあ、資料を作って生徒会の活動内容とかこの先の計画でも発表しますか？」

「ダメダメ。そんなカタいのだとみんな飽きちゃうわ。もっと宣伝になるような、楽しくて盛り上がるやつじゃないと」

それを受けて、ルカ先輩が小さく手を挙げる。

「劇なんてどうです？　五人でできるようなシナリオで」

カイト先輩が青ざめて立ち上がった。

「む、無理だよ僕！　演劇なんてやったことないし、舞台の上でセリフをしゃべるなんて！」

「キミは相変わらず変なところでヘタレ発揮するねぇ……」

あきれ顔の会長は、腕組みをしてすっかり考え込んでしまった。

空気が停滞する。

(文化祭かぁ……)

わたしは窓の外を見た。

季節は、初夏から本格的な夏へと切り替わるところだ。

葉っぱの色も濃くなってきて、日差しはどんどん強くなっている。わたしたちの制服も、今週から夏服になった。

七月になれば、期末テストがあって、そのあとはもう夏休み。明けた九月から何週間もせずに文化祭だから、実質の準備期間は一か月ほどしかない。しかも、本来の生徒会の仕事と並行して準備を進めるとなると――ことによったら夏休み中も学校に出てくることになるだろう。

わたしは、重い沈黙のなか、様子をうかがいながら言ってみた。

「あの～……断るっていうのは、ダメなんですか？」

なぜ誰もこれを言い出さないのか不思議だった。先輩たちの様子から考えると、どうしてもやりたいって人がいるわけでもなさそうなのに。特に会長なんて、きっぱりと「そんなヒマはない！」って断りそうな性格なのに、だ。

しかし、先輩たちの反応は、予想外だった。

誰もがますます困ったように、うつむいてしまったのだ。ずんと空気が重くなる。

「えっ、ええっ？　わたし、なんかマズいこと言っちゃいました？」

さすがに焦る。

すると会長が、わたしとレンの顔を交互に見て、頭を掻きながら苦笑した。

「まあそうよね。いい機会だし、話しておいたほうがいいわよね」

「へ……？」

「生徒会が、今こんな状態になってるわけを、よ」

その言葉で、思い出した。入学式後の勧誘で、会長はたしか、理由があって人数が減っている、と言っていた。それも、とても言いにくそうに。

考えてみれば、生徒会役員が三人しかいなかったなんて、おかしすぎる。こうして入ってみてわかったけど、仕事だって多いし、その内容もいい加減なものではない。この先輩たちだから、なんとかなっていただけであって、本当ならもっとたくさんのメンバーでこなすべき量だ。

わたしとレンは、姿勢を正して会長を見た。

会長は、カイト先輩とルカ先輩と視線で何か会話するように交互に見てうなずき、話し始めた。

「うちもね、去年の夏まではもっと人数がいたんだよ。フツーに十人以上はね」

「そう…なんですか？」

「ところがよ。一部の生徒会役員が暴走しちゃってね」

「ぼ、暴走？」

超特大のため息を間に挟んでから、会長は意外なことを質問してきた。

「キミたちさ、ＭＩＫＵは知ってるよね？」

もちろん知っている。

わたしが小学五年生の時、まさに『彗星《すいせい》のごとく』という表現がぴったりなデビューをした同年代の少女。デビュー早々すべての音楽チャートの一位をかっさらった、まさに歌姫だ。

少女特有のあどけなさと、ミステリアスな大人っぽさ、そして評論家から『天使のよう』と絶賛される澄んだ歌声を併せ持っていて、老若男女《ろうにゃくなんにょ》問わず支持されている。年齢の関係で、夜に生放送されている歌番組に出演することはないにもかかわらず、今でも絶大な人気を誇っている。

わたしも、レンとのことがなければ、隠さずに好きだと言っていただろう。

顔を見合わせたあとで同時にうなずきを返すと、会長はさらに予想の上を行く質問をしてきた。

「じゃあ、MIKUがうちの学校の生徒だったってことは、知ってる?」

「ええっ!?」

そんなの初耳だ。というか。

「それ、いつの話なんですか? MIKUの歳って……」

「去年だよ。歳はキミたちの一コ上。カイトやルカと同い年」

だったらもっと周辺の学校にも知れ渡っていていいはずだ。でも、中学でも誰もそんな話はしていなかった。

しかし、レンは半信半疑な顔でこう言った。

「オレ、噂くらいなら聞いたことあるっす。なんか友達がネットの掲示板で見たとかで。MIKUが昔はこのへんに住んでて、近くの高校に通ってる、って。まあどこの高校かはわかんなかったし、オレもガセだと思ってたんすけど」

「そう。それがうちの学校だよ」

会長は、時々顔をしかめながら、「アタシが知る限りは」と前置きして、こんな説明をした。

MIKUが奏高にいたとはいっても、ほとんど学籍を置いているだけの状態だったという。

デビューして以来、仕事に追われていたＭＩＫＵは、登校しても遅刻が基本で、別教室で自習という形をとっていた。さらに、歌姫を守りたい事務所の意向と、無用なトラブルを避けたい学校側の判断から、この事実は過剰なくらい徹底的に隠されていたらしい。ＭＩＫＵの人気を考えれば、それも無理のない話だと思う。

生徒たちにもＭＩＫＵのファンは多く、多忙で大変な日々を過ごす本人の事情に対しても協力的だった、らしい。

ところが、文化祭が近くなって、当時の生徒会役員の一部がおかしな方向に力を注ぎ始め——文化祭でＭＩＫＵのシークレットライブを開催しよう、と言い出した。

当然、事務所判断ですぐにＮＧとなったが、生徒会役員たちは意地になってヒートアップし、奏高を盛り上げるのは奏高生の義務だとか無茶な理論でいろんなところに抗議を始めたという。

その行為はだんだんとエスカレートして、ついにはネットでＭＩＫＵが奏高にいることを、ホントかウソかわからない個人情報付きで拡散しようとまでしていたらしい。

事態がこじれたところでＭＩＫＵ本人がその事実を知り、自分の存在が原因で周囲に迷惑をかけたことを気に病んだのと、事務所からの勧めもあって、彼女はひっそりと退学していったとのことだ。

その後、件《くだん》の生徒会役員たちがそこまでやった理由というのが、他校のＭＩＫＵファンに自慢したかったからというくだらないものだったことが明らかになり、こちらも一部の先生たちが激怒。混乱を起こすだけの生徒会などいらないと、役員の削減と縮小が行われ、良識派だったメイコ会長ほか数人だけが残されたということだった。

ところが、残っていた役員たちも、仕事の忙しさと受験や部活を両立させるのが難しいことを理由に、一人また一人と辞めていった。会長が独自にスカウトしたカイト先輩とルカ先輩が新たに入ってくれたものの、そこからはずっと三人だけでがんばってきたのだという。

以来、先生たちの生徒会に対する印象は芳《かんば》しくなく、会長たちが人一倍に仕事をこなして信頼回復に努めている状況らしい。

一部の協力的な先生の存在もあって、なんとか山を乗り越え、こうして存続できたとのことだ。

「そんなわけでね、まあ……う〜ん……」

説明の最後に、とうとう会長は言葉を詰まらせた。

わたしはもう、聞いているだけでくらくらしてしまった。会長の様子から、当時の混乱のほどは十分に伝わってきたし、ＭＩＫＵの人気を考えれば、当然だと思う。

それに、そんな事情があるなら先生からの依頼を断れないだろうし、文化祭で生徒会のよさをアピールしたいという気持ちもわかる。

「アタシらの代が迷惑をかけて、ゴメン。腹立たしいかもしれないけど、なんとか協力してほしいんだ」

なんと会長は、わたしたちに向かって深々と頭を下げた。

「え、そ、そんな……」

突然のことに戸惑ってしまったわたしの隣で、ガタンとイスが鳴った。レンが立ち上がったのだ。

レンは、机に乗り上げるように身を乗り出し、無言で会長の両肩をつかんで、強引にグイッと持ち上げた。その表情はひどく真剣で、ちょっと怒っているようにも見えて、普段のよく笑うレンの姿からは想像できないものだった。

でも、その視線の意味は、わたしにもわかる。

「会長が謝ることじゃないっす！」

いつもよりずっと声が低い。

そうだ。会長は、なかば強引に尻拭いを押し付けられた形にもかかわらず、いつも笑顔で元気にこなしていたのだ。近くで見ていたからよくわかる。

会長は、しばらく呆然とレンの顔を見つめたあと、くすっと笑った。

「あっぶな。アタシとしたことが年下に惚《ほ》れるとこだったわ」

ぎょっとしたレンの顔が、途端に真っ赤になる。

「い、いや、あの、えっと、その、オレも協力するんで、がんばりましょーとか、そういう意味っすから、あのっ」

さっきまでの迫力がウソのようにあわあわするレンの姿に、みんなが安心したように、そしてどこかうれしそうに、くすくす笑う。

ああ、そうだなあ、とわたしは思った。

レンはこういうやつなんだ。

昔からちっとも変わらない。

泣き虫なくせに、わたしが大きな犬とかに怯《おび》えてたら、必死に守ろうとしてくれたり。

ホント、優しい。どうしようもなく。

「そ、そうだ！　オレ、ギターならできるっす！　あ、役に立たないかな……」

すっかり温かくなった空気のなかで、照れ隠しに絞り出したようなレンの言葉だったけど、今度は会長がガタッと勢いよく立ち上がった。

「それだーっ!!」

えっ？　と集まる視線のなか、いつもの会長らしく大きな胸を張る。

「アタシもドラムならできる！　カイト、キミも楽器できたよね？　中学では吹奏楽部だったし」

慌てたのはカイト先輩だ。

「え、ちょ、待ってください会長。ギターにドラムって、まさかバンドでもやるつもりですか？　楽器っていったって、僕の担当はバイオリンだったんですよ？」

「ベースならいけるだろ？　おんなじ弦楽器なんだし、だいじょーぶだいじょーぶ」

「そ、そんな無茶な…」

「ルカは？　何か楽器できる？」

「私ですか？　昔習ってたので、ピアノだったら少しは」

「よーっし！　キーボード決定！　いいじゃんいいじゃん！　じゃあ残るは……」

とんとん拍子に進む話のなかで、最後に視線が向いたのは、当然わたしのほうだ。

すかさず横からレンが言う。

「あ、リンなら歌、いけるっすよ。おまえ、昔はよく歌ってたよな？」

「イヤッ!!」

ほとんど瞬間的だった。頭が真っ白になって、気が付いたら叫んでいた。絶叫に近かったかもしれない。勢いよく流れる空気を、わたしが止めてしまった。

レンもわたしの予想外の剣幕に驚いている。

「い、いや、でもおまえ、昔はよくＭＩＫＵの曲とかも歌ってたし、歌が好きだって……」

「歌なんて嫌い！　ＭＩＫＵも嫌いなのっ！　なんで……なんでアンタがそんなこと言うの……？　わたしは……」

言葉が止まらなかった。

ようやく事態に気付いた時には、もう遅かった。先輩たちの困惑した表情と、焦ったようなレンの顔に、わたしはますますパニックになって、口をパクパクさせることしかできなくなった。

助け舟を出したのはルカ先輩だった。

「リンちゃんもピアノできますよ。中学のころ、生徒会のあとで少し教えたりして、いっしょに弾いたりしてたので」

　優しく微笑んで会長に言う。

「そっか。じゃあリンがキーボードで、ルカがヴォーカルね。でもまあせっかくだから、リンも、あとカイトもレンも、歌いたい曲があったら後でもいいから言いな。パートやりくりすりゃ大丈夫だし」

　カイト先輩がぶんぶんと首を横に振る。

「だから僕には無理だって知ってるでしょう！　みんなの前で歌なんて……っ！」

ハハハ、といくつかの笑い声が重なって、すぐにその場の空気が元に戻った。

わたしは、高鳴る自分の心臓を感じながら、知らないうちに下唇を強く噛んでいた。

♪　♪　♪

「はぁ～……やっちゃった……」

放課後、わたしは屋上にいた。すぐに帰る気にはなれなかった。

うちの学校の屋上は、開放されているけどあまりきれいにされてないせいか人気はなく、今もわたし以外に誰もいなかった。

錆《さび》の浮いた手すりに肘をついて、またひとつ、止まらないため息をつく。

「サイアクな空気にしちゃったなあ……」

悔やんでも悔やみきれない。会長が真摯《しんし》に頭を下げて、すっかり団結の空気が出来上がっていたっていうのに。

でも、どうしても言葉が止まらなかったのだ。

「あーあ……もうヤダ」

昼はだいぶ暑くなってきたけど、夕方の風はまだ少し冷たい。

ひんやりする手すりの感触も、ぼーっとする頭にはちょうどいい。

わたしは腕に顔をうずめて、何度目になるかわからないため息をついた。

その時だ。

人の気配がして、振り返ると、そこにはカイト先輩が立っていた。

「あれ、まだ帰ってなかったんだ？」

どうやら校舎の見回りをしていたらしい。

なんと言っていいのかわからないわたしは、なんだか顔を見ることもできなくて、うつむいたまま小さく頭を下げた。

「あの、さっきは……」

「フフフ。原因はレン君？」

「えっ!!」

いきなりの指摘に、言葉を失う。

でもカイト先輩のほうは、ますます笑っていた。

「大丈夫。みんなわかってるよ。わかってないのはレン君だけ。会長が言ってたよ。カイトよりニブいやつ初めて見たーって。あれ……これって僕に対して失礼だったんじゃないかな……」

わたしは思わずクスリと笑ってしまって、先輩たちの気遣いに感謝した。

カイト先輩も安心したように微笑むと、わたしの隣に立って、同じように手すりにもたれた。

「歌わないの？」

「……」

「ルカさんも言ってたよ。たまにリンさんが歌うところを見たけど、上手だったって」

頬にあたる風を感じながら、目が潤《うる》みそうになった。カイト先輩の声が優しいから、よけいにだ。

「よかったら、わけを聞いても……いい？」

返事を待つような雰囲気のカイト先輩に、わたしは顔も向けられない。

さんざん頭の中でぐるぐる考えて、絞り出した声はかすれていた。

「わたしのわがままなんです。わたしが勝手に勘違いして、勝手に傷ついて、勝手に意地を張って……。カッコ悪すぎて、とても言えません」

無意識に上履きを床にこすりつけていた。薄く溜まっている砂ぼこりが、ざりざりと音をたてる。

しばらくそのまま時間が過ぎて、ちょっと気持ちが落ち着いたころ、カイト先輩が口を開いた。

「ミクちゃんもね、小さいころはよく楽しそうに歌ってたよ」

「え……？　ミクちゃんって、ＭＩＫＵですか？　知ってるんですか？」

「うん。誰にも言ったことないけどね。すごく小さいころは近所に住んでて、よくいっしょに遊んだんだ」

ハッと思い出し、急いで頭を下げた。

「あっ、ご、ごめんなさい！　あの、さっきは失礼なこと言って！」

「ミクちゃんのこと？　大丈夫。気にしてないよ。本心とも思えなかったしね」

「あ……」

「それに、ミクちゃんとは、小学校の途中であの子が転校していって、それ以来会ってないんだ。あっちももう僕のことなんて覚えてないよ」

「高校でも会わなかったんですか？」

「うん。というより、会う機会がなかったよ。もう住む世界が違っちゃってて」

今度はカイト先輩がこっちを向かなかった。じっと目の前の夕日を見つめ続けている。なんだか、懐かしいものでも見ているようだった。

その話が本当だとしたら、カイト先輩は高校でのＭＩＫＵ騒動を、どんな思いで見ていたんだろう。人前に出るのは苦手だと言いながら、生徒会で副会長まで務めているのは、もしかすると何か特別な思いがあってのことなのかもしれない。

「リンさん」

振り向いたカイト先輩は、口元は微笑んでいるけれど、目はとても真剣なように見えた。

「もしも、ね……何か、誰かに伝えたいことがあるのなら……それは、伝えられるうちに伝えたほうがいいよ。いつまでも自分の隣にいる、なんて思ってたら、いつの間にか遠くに行っちゃうこともあるからね」

「……」

何も言えずに、わたしは唇を噛んだ。

カイト先輩は、フッと小さな笑みを残して、最後に名残惜しそうに夕日を見てから、階段を下りていった。

「歌う気になったら、歌ってね」

と背中越しに言いながら。


【7月8日（水）　朝の通学路】


翌日から、生徒会バンドの企画が動き始めた。

練習時間に限りがあるため、ひとまずルカ先輩が歌う二曲を練習し、曲数を増やすかどうかは各自の上達度から判断して決めるということになった。もし発表の時間が余ったら、会長のMCなどでつなぐとのことだ。

もちろん、全体練習以外の自主練も必須。

レンは、申請して許可を得て、学校にギターを持ち込むようになった。登校で持ってきて、普段は施錠した生徒会室に置いておいて、昼休みや放課後に使い、下校で持って帰る。そんな具合だ。

だから、今までもシルエットでだいたいわかったけど、ギターを担《かつ》いでいる姿は目立ち、遠くからでもすぐに見分けられるようになった。

そのせいだろうか、ある日、おかしなことに気付いた。

「……レン？」

「……」

レンの様子が、最近ちょっと変なのだ。登校でたまたま二人になった時も、あまりしゃべらなくなった。

「……テスト勉強、してる？」

あまりにも沈黙が多いから、たまりかねてわたしから話しかけることも増えた。ここ一週間、こんな調子だ。

「ん？　ああ、まあそこそこな」

「そっか……」

会話が続かない。

レンも、怒っているとか、そういうわけではなさそうだった。でも、時々、わたしが見たこともない表情をする。遠くを見るような、何か考え事をしているような。

(またそんな顔する……)

すっかり強くなった夏の日差しの下だと、濃くなった影のなかにあるレンの瞳が、なんだか怖いくらい深いもののように見えることがあった。

「オレ、好きなんだ」

「へあっ!?」

突然の発言に叫び声をあげてしまったが、レンは同じ表情のまま続けた。

「おまえはどうだ？　生徒会」

「あ、ああ、せ、生徒会ね」

暴れて飛び出しそうな心臓を押さえて、冷静な表情を作った。

「そ、そりゃあ、嫌いじゃないけど」

「だよな。あまのじゃくなおまえがそう言うくらいだから、かなり気に入ってるんだよな」

「ちょ、な、何よそれ！」

いつものからかいかと思って怒ってみせたけど、やっぱりレンの表情は変わらなかった。

「オレさ……ギターがんばるよ」

「うん？」

よく意味がわからなくて、あいまいな返事しかできなかったけど、きっとレンのなかでは、文化祭を成功させたいっていう気持ちが強いんだと思う。先輩たちの事情を知って、素直になんとかしたいって思うのが、わたしの知っているレンだ。

ただ、それにしては、ずいぶん思い入れが強いように感じる。そこが少し不思議だった。

「なあ、リン」

「……え、うん？」

「……」

レンは何か言いたそうにわたしの顔を見下ろしてきたけど、しばらくそうしてから、また前を向いた。

「……なんでもない」

首をかしげるわたしの隣で、レンの表情は、ついに最後まで変わることがなかった。

【7月14日（火）放課後】

わたしはルカ先輩に習いながら、放課後の音楽室でピアノを借りてキーボードの練習をするようになった。

「そうそう、いい感じ。やっぱりリンちゃん上達早いわ〜」

「いえ、そんな。先輩たちに比べたら全然です」

ルカ先輩と並んでピアノを弾くのは、ちょっと懐かしかった。あの時もよく褒めてもらえたから、得意げになったりもしていたけど、それがとんでもない勘違いだったと今になって思い知らされた。

「なんだかわたしが足を引っ張ってるような……」

みんなの上達度は、すごかった。あっという間に置いていかれた。

「会長やレンくんは経験者だし、カイトくんはしっかり音楽やってた人だからね。しょうがないわよ。普通に考えたらリンちゃんだってすごいのよ？」

「うう……慰められるとよけいにつらいです……」

半泣きのわたしの頭をなでながら、ルカ先輩は微笑む。

「指が！　わたしの指なのに言うことをきかないんですよ！　きっと何かに乗っ取られてるんです！　宇宙人とかそれ的なものに！」

「リンちゃん落ち着いて」

ふざけて二人で笑い、ふうと一息つく。

こういうところはお互い昔と変わらないみたいだ。

休憩しようということになって、ルカ先輩が鞄から出したのどあめを、ありがたくもらった。

話題は自然と、生徒会のことになる。

「私ね、会長にお礼言われたんだ。あの二人を生徒会に連れてきてくれてありがとう、って」

「え、や、わたしはそんな。たいして役に立ってないですし」

「ううん、すごく助かってるわよ。仕事だけじゃなくて、雰囲気とかも。とっても明るくなったのよ」

「でも……ときどき空気悪くしたりしてませんか？」

「ふふふ。そんなことないわよ。心配性は変わってないのね」

「う～……」

ルカ先輩には、わたしの昔からの悪い癖もほとんど知られている。接点はなかったけど小学校も同じだったし、中学では生徒会で多くの時間をいっしょに過ごしたのだ。

「でもわたし、最初に先輩たちを見た時、ちょっと迷いました」

「私たち？」

「はい。なんかもう、すごくバランス取れてて、仲良さそうで、この中にわたしなんかが入っちゃっていいのかなーって。壊しちゃったりしないか、怖くって」

「怖がりも変わらないのね。また夏に肝試しでもする？」

「それだけはいやですっ！」

ルカ先輩は、中学の生徒会での合宿でわたしが夜の体育館を前に喚き散らした場面を口に出して、楽しそうに笑った。

つられてわたしも笑うけど、あれは思い出したくない過去だ……。

「……ルカ先輩は、変わりましたよね。いじわるな方向にっ」

「ええー、そう？　前からこうだと思うけど」

「そんなことないですっ」

「会長といっしょになってカイトくんのことからかってたからかしら」

「カイト先輩……お気の毒に……」

容易に想像がつく場面を思い浮かべていると、ルカ先輩がクスリと笑ってこんなことを言いだした。

「だけど、リンちゃんもちょっと変わったわよ」

「えっ!?　そ、そうですか……？」

「うん。少し明るくなった」

と、じっとわたしの顔を見るルカ先輩。あ、入学式の前の時と同じ表情だ、と思っていたら、案の定わたしの両頬に手が伸びてくる。

「こえは、へいとかいの、れんとうなんれふか」

「れんとう？」

笑顔の形に引っ張られた頬からルカ先輩の手を引き剥《は》がして、言いなおす。

「伝統、なんですか」

「ふふ。そうかもね」

わかっている。笑顔が少ないのは。もう今さらな話だ。

始めは、レンの前でつい笑顔になってしまうのを我慢していただけなのに、いつからだろう、笑顔じゃないのが普通になったのは。

(明るくなんて……なってるのかなあ……)

先日のカイト先輩の言葉がよみがえる。

言いたいことを言っておかないと後悔するよ、と。

(でも……)

顔がどんどん熱くなる。

(今さらレンにどんな顔して言うのよぉ〜……)

脳みそまで熱くなりそうで、軽く頭を振った。

「レンくんとはうまくいってる?」

「うへあぁっ」

心の中を読まれたようで、変な声が出てしまった。

「だ、だからレンとはそんなんじゃないですってば!」

「そうなの？」

「もうっ！」

「ふふふ。ごめんね、リンちゃんって意外とリアクションが楽しいから、つい」

「ついじゃないですよぉ！」

いつまでもくすくすと笑うルカ先輩に、わたしは自分がわかりやすい子どもになってしまったような気がして、とんでもなく恥ずかしくなった。

話題を自分からそらしたくて、思い出したことを言った。

「そ、そういえば、レンは生徒会のことずいぶん好きみたいですよ」

「え？」

「あいつ、サッカーに飽きたみたいだし、今は生徒会にやりがい感じてるんじゃないかなあ。昔から、変なところ頑固だったんで、目標決めたらそれしか見ないし」

「……そう」

思っていた反応と違った。ルカ先輩は、なぜか急に沈んだ表情になって、無言になってしまったのだ。

「わ、わたしももちろん、好きですよ？　ルカ先輩には感謝してますし、えっと……」

精いっぱいにフォローしたが、そういうことではなかったみたいだ。

ルカ先輩は、ピアノの鍵盤の上にそっと手を置いた。ポロン、と小さな音が響く。

「あなたたちって、不思議よね」

「え？」

「昔は本当に双子みたいで、今だって二人で並んでるとすごくおさまってるって感じがするのに……お互いに、言わないといけないことは、言わないのね。……ううん、だからこそ言えないのかな」

「え、あの……」

言葉の意味がわからなくて、でもルカ先輩の表情があまりにも暗くて、わたしは湧き上がる不安な気持ちを感じながら、次の言葉を探していた。

すると、静かなまなざしが、こちらに向けられた。ルカ先輩の長い髪が、さらりとほぐれて、真剣な表情があらわになる。

「リンちゃんには言わないでほしいって言われたけど、やっぱりダメよね」

「な、何が……ですか？」

「レンくんね……飽きたんじゃなくて……もう高校ではサッカーできないの」

「……っ!?」

あまりの驚きで、声すら出なかった。

急に耳の奥がふさがったような圧迫感を覚えて、まばたきも忘れてしまう。

「去年の引退試合の時、レンくん試合の半分も出てなくって、それで訊いたの。そしたら、医者に止められたって。……ほら、彼、去年一年で急激に背が伸びたでしょ？ 成長中の膝《ひざ》に負担をかけすぎて、激しい運動すると痛くて動けなくなるんだって。成長が止まって体が出来上がったらまた運動できるらしいけど、高校では激しい部活はしないほうがいいって言われたって……」

わたしは、その言葉を聞いて、思い出そうとしていた。

サッカーに飽きたと言っていた時の、レンの表情を。

でも、思い出せない。それくらい、あいつはいつもと変わらない顔をしていたと思う。

あんなに打ち込んでいたサッカーを、高校ではできないなんて、きっと大きなショックだったはずだ。わたしとの会話の時にはもう割り切っていたから？ ううん、違う。押し殺していたんだ。あいつはそういうやつだ。

（わたし、あの時……なんて言ったっけ……）

胸の奥が、もやもやする。

たぶん、いいことは言っていない。

下手をすると、とんでもなく傷つくような言葉を投げつけた可能性だってある。

「なんで……」

目の奥が熱くなって、唇を噛んで必死にこらえた。

「なんで言ってくれなかったの……」

思わず漏れてしまったつぶやきに、ルカ先輩の気遣わしげな声が答えた。

「きっと、リンちゃんだから言えなかったのよ」

「……え？」

「対等でいたかったのよ、リンちゃんとは。同情なんかされないで、同じところにいたかったたんじゃないかな。だって……双子なんだから」

もう、心のなかがぐちゃぐちゃで、涙も出ない代わりに言葉も出なかった。

自分のこの感情がなんなのか、わからない。

なぜ？

どうして？

そんな言葉だけが、浮かんで消える。何が『なぜ』なのか、それすらも自分でわからない。どうしてこんな言葉が浮かぶのか……。

そんな時だ。

最悪のタイミングで、あいつはやってきた。

「お、いたいた。まだ練習してたのか」

開閉音のしない音楽室のドアから入ってきたのは——レン。

「レン……」

肩にギターケースを担いで、薄く笑っている。

「ルカさん。会長がもうあがるってんで、これ鍵っす」

生徒会室の鍵をルカ先輩に渡して、レンはわたしの肩をポンと叩いた。

「まだ残るか？　帰るならいっしょに帰ろうぜ。ルカさんも」

なぜなのかわからない。わたしは、いつもとまったく変わらない表情を作ってしまった。もしかしたら、不自然に笑っていたかもしれない。

「わたし、もうちょっとやってく。今いいとこだし」

「そっか。まじめだなー」

「アンタと違ってね」

「ははは。そりゃそうか」

レンは、楽しそうに笑った。ルカ先輩は、何も言わない。言えないのかもしれない。

すると、しばらくわたしの顔を見ていたレンが、ふいに真剣な顔になった。最近たまに見せる、あの表情だ。

少しだけ違っていたのは、彼の素直な瞳の奥に、何か決心のようなものが見えたことだ。

「なあ、リン。頼みがあるんだ」

「……何？」

そして、たぶん一瞬だったけれど、わたしにとっては永遠のような沈黙を挟んで、彼は言った。

「文化祭で、歌ってくれないか？」

4　ユウヒとウタヒメ

【7月16日（木）　昼休み】


「以上が、今年の文化祭の概要になります。続いて時間配分ですが、冊子の七ページを――」

会長のはきはきとした説明が、カメラの前で続く。

ここは放送室に隣接する、撮影スタジオ。

生徒数の多い奏丘高校では、体育館ではなく、各教室に設置されたテレビ画面を通して全校集会が行われる。

わたしとルカ先輩は、ブース横の部屋で防音ガラス越しに撮影の様子を見ていた。

事前に何度も調整を重ねた文化祭の計画発表は、会長のなめらかなしゃべりもあって滞《とどこお》りなく進み、無事に終わろうとしていた。

各教室の様子を見に外を歩いていたレンとカイト先輩が帰ってきた。

「それでは、みんなで力を合わせて文化祭を成功させましょう。えー、ちなみに、文化祭後に新しい生徒会役員を選出することになります。立候補や推薦など随時受け付け中となっておりますので、そっちもよろしく！」

ちゃっかりと宣伝を入れて、放送を終える。その後、担当の先生からはちくりと注意されたが、それだけで済んだ。

今となっては生徒会に対して協力的な先生がほとんどで、その信用を勝ち得たのがほかならぬ会長のがんばりだと、みんなが知っているのだ。

「おつかれさまです！」

ブースを出てきた会長に、わたしはミネラルウォーターのペットボトルを渡した。

「やー、終わった終わった。来年はカイト、よろしくね」

その状況を想像したのか緊張で青ざめるカイト先輩に、会長はケラケラ笑っていた。

わたしは、レンと一瞬だけ視線を交わし、すぐにそらした。

レンも、同じだったと思う。

学校では期末テストも終わり、あとは夏休みを待つばかりになった。夏休みも出てくることにはなるけど、生徒会バンドの練習も順調で、大きなトラブルはない。わたしとレンの関係以外は……。

♪ ♪ ♪

放課後、わたしは屋上にいた。

埃っぽくてひと気のないここは、今ではわたしの定位置になっていた。

といっても、今日ここに来た理由はただひとつ。帰り道でレンとはち合わせしないためだ。

「あいつ……どういうつもりなんだろ……」

どうしてもあの真剣な顔が、頭から離れない。音楽室の厚い空気といっしょに、心の奥に刻まれてしまっている。

「ハァ……」

ため息の先に、夕日はない。すっかり日が長くなって、太陽はまだまだ元気だ。

わたしだけが、取り残されている。

(せめて曇りだったらよかったのに)

遠くの空を、小指の先ほどの飛行機が飛んでいた。

何気なくそれを目で追った。その時だった。

「リン……」

「あ……」

校舎の階段へと続くドアのところに、たった今、来たばかりらしいレンが立っていた。

しばらくは、お互い言葉を探すように無言だった。

先に口を開いたのは、わたしだ。なるべく明るい空気にしたくて、努めていつもの口調にする。

「残ってたんだ？　練習？」

「あ、ああ。それとカイトさんの手伝いで」

「ふ〜ん。アンタもすっかり生徒会に馴染んだね」

「……だな」

レンは、いつものように笑わなかった。

目を合わせると話題が変わりそうで、わたしは足元の鞄を手に取った。

「じゃ、わたし先に帰るね。おつかれ」

レンの横を通り過ぎようとしたが、それは叶わなかった。手を、つかまれたのだ。

「え……っ」

あまりにも突然で、まともに顔を向けてしまった。

「待ってくれ、リン！」

「な、何？」

どうしてと問いたくなるほどに、やっぱり真剣な顔をして、レンは言う。

「頼む。文化祭で歌ってくれ！」

予想していた言葉だった。それでも胸がドクンと鳴った。

「またその話〜？　ヤダって言ったじゃん」

なるべく明るく言ったつもりだった。

「だいたいルカ先輩のあとにわたしなんかが出たって、しらけるだけだって。あの人の人気すごいの知ってるでしょ？」

「……」

でも、ダメだった。たぶん表情を作りきれていなかった。

「オレが……」

「え？」

「オレが聴きたいんだ。おまえの歌」

「……」

「おまえの歌で弾きたいんだ」

レンの、真剣すぎる表情が変わった。まるで懇願するような目だ。

「どうして……？」

純粋な困惑だった。

なぜレンが急にこんなことを言い出したのか、まるでわからないのだ。

あんなに明るかった太陽が、いつの間にかオレンジ色に変わりかけていた。彼の前髪や鼻が作る濃い影が、顔に映っていて——こんな時なのに、昔のことを思い出していた。

小さいころは、何も意識しなくても、レンの考えていることがなんとなくわかった。それこそ、双子のように。

でも今は、わからない。

不思議なくらいわからない。

それがなんだか、悲しかった。

「オレがギターを始めたのは、おまえの伴奏がしたかったからなんだ」

「……っ!?」

「だから、頼む。文化祭で……」

「ウソ言わないでよ」

「え……？」

声がかすれた。怒鳴りたいわけでもなかったし、レンを責めたいわけでもなかった。自分でも驚くぐらい淡々と、言葉が出てきた。

「レンがギターを始めたのは、ＭＩＫＵが好きだったからでしょ？　わたし、そう話してるの聞いたもん。どうしてそんなウソついてまでわたしを歌わせようとするの？」

「ち、ちが……」

「じゃあね」

しゃべっている途中から、自分で自分のことがたまらなく嫌になって、それでも言葉が止まらなくて、言いきったあとで唇が震えた。

あとはもう、逃げるようにその場を去った。いや、実際に逃げていたと思う。レンが何か言いながら追いかけてくるのがわかったから、走って階段を降りた。

そのまま校舎をあとにして、とぼとぼと帰り道をたどった。

(なんであんなこと言っちゃったんだろ……)

これまでもいろいろなことがあったけど、今回ほど後悔したことはなかった。そして、今回ほど言葉が止まらなかったこともなかった。

わたし自身が、わたしのわからず屋加減に心底うんざりした。

もう、レンに愛想をつかされても仕方がないレベルだ。心の片隅で、何かが終わった、というあきらめが湧いて出てきて、もやもやと体中を支配し始めた。

景色も見えず、音も聞こえず、わたしはただ、惰性で足を動かした。

気が付くと、駅前の通りを歩いていた。

べつににぎやかさを求めたわけじゃない。レンとの遭遇を避けていつもと違う道を通っているうちに、学校の帰りに寄り道をするコースに自然と足が向いただけだ。

駅前のショッピングモール前には、スクリーンと呼ぶには小さめの液晶画面が設置されていて、商品の宣伝や映画の告知などが常時流されている。

その画面に、こんなタイミングで映し出されたのは、ＭＩＫＵの微笑みだった。聞き覚えのないメロディーにのって、かわいらしいダンスを踊るプロモーションビデオが流れていた。新曲が発売されるらしい。

なんともいえない気持ちでそれを見ていると、インタビュー形式で質問に答えるＭＩＫＵが映し出された。質問は字幕だけで表示されていて、MIKUの声しか聞こえない仕組みだ。

いくつかの受け答えのあと、『MIKUさんの、歌うことへの原動力は？』という質問が流れた。

『私の歌で少しでも元気になるっていう人がいると思うと、いつまでも歌い続けたいって思ってしまうんです。ファンの方の応援や、反響が――』

いつもの、大人っぽくてミステリアスな歌姫が、芯の強さを感じさせる声で答えている。

こんな人、レンじゃなくたって好きになる。当たり前だ。

もうわかっている。

いやになるくらいわかっている。

子どものころに感じた、小さな嫉妬心が、今もわたしのなかで根を張っているんだ。

わかっているのに、どうしても変えることができない。忘れることができない。

あのころ、言ってしまえばよかった。わたしもMIKUが好きだって。そうしたら、今になってこんな苦しい思いをしなくて済んだかもしれないのに。

しばらくぐるぐると考えているうちに、全身がぐったりとしてしまった。

「帰ろ……」

戻らない。

時間も、言ったことも、レンに対する気持ちも、何ひとつ戻らないっていうことが、こんなにつらくなるなんて思わなかった。

「たぶんわたしって今……世界一バカなのかも……」

♪　♪　♪

とぼとぼと歩いて、やがて人通りのない住宅街にさしかかった。

そういえば、レンと昔よく遊んだ小さい公園がこの近くにある。キリンの形のすべり台があって、わたしがそれを気に入っていたのだ。いつもの通学路では通らないし、なんだか見てみたいような気持ちになって、でも今見るとますます落ち込んでしまうような気もして、悩んでしまった。

そんな時だ。

考え込んでいて、気付かなかった。ちょうど走ってきた人と、曲がり角で出合い頭にぶつかってしまったのだ。

「キャッ！」

「あっ！」

わたしは肩がぶつかってよろけただけだったが、その人はまともに体をぶつけてしまったようで、倒れ込んだ。

「だ、大丈夫ですか？　すみません、ボーっとしてて」

見るとその人は、この暑いのに肩からショールをかけ、厚手の帽子を深くかぶっていた。わたしと同じくらい小柄で、女性のようだったけど、手足はびっくりするくらい白くて細い。折れてしまいそう、という表現がぴったりだった。

わたしが手を差し出すと、その人ははずれて落ちていたメガネを拾い上げて、「すみません」と手を握り返してきた。

「私のほうこそ、焦ってて前を見てなくて、ごめんなさい」

助け起こした瞬間に、わたしはハッと息をのんだ。

まさか。

そんなわけない。

信じられない光景がそこにある。

「え、あ、え、え……み……み……」

「あ、えっと」

まばたきも忘れたわたしの困惑を見て取ったのか、その人は、ちょっと遠慮がちに小さく頭を下げてきた。

「ＭＩＫＵです。……私のこと、知ってる？」

知ってるも何も、ついさっきスクリーン越しに見た。この声、この顔——どう見ても本物だ。

わたしの反応から察したらしいその人、ＭＩＫＵは、しーっと人差し指を立てて、周囲をうかがいながら身を縮めた。

「こっち」

何が何だかわからないままに手を引かれ、そのまま狭い路地に引っ張り込まれてしまった。

「ごめんね、ちょっと、見つかりたくなくて」

MIKUは、路地から少しだけ顔を出し、誰の気配もないことがわかると、ふうと小さく息を吐いた。

と、同時に。

「ぶはぁぁぁ！」

わたしは盛大に息を吐いた。いつの間にか呼吸も忘れていたのだ。

「な、なんで？　どうして？」

当然の質問が口をついて出る。今や国民的人気の歌姫が、こんな何もない住宅街に一人でいるなんて、考えられない。

「ちょっとロケを抜け出してきちゃった」

いたずらっ子のように笑い、舌を出している。

やっぱり本物だ。

本物、なのだが……。

「マネージャーに見つかったら怒られちゃうから、ナイショにして？　もうね、すっごく怖いマネージャーなの。女の人でね、普段はキリッとしてるんだけど、怒ると般若《はんにゃ》みたいな顔になるのよ！　こーんなよ、こーんな！」

と言って、指で自分の目を吊り上げて真似をしている。

わたしは、ただただ呆然としてしまった。

（な、なんか、イメージ違う……）

テレビや雑誌で見るＭＩＫＵは、さっき駅前で見たそのままだ。大人っぽくて、落ち着いていて、まさに姫と呼ばれるにふさわしい迫力のようなものを感じさせる、それこそ自分とは別世界の人間だった。

しかし。

「はぁ、喉渇いた。自販機ないかなあ。炭酸飲みたいわ」

「え、えっと、この先に……」

「ホント？　じゃあ行こう。びっくりさせたおわびに奢《おご》るから！」

「ええっ！　うわぁっ」

また強引に手を引かれる。

「そのかわり、知ってたら教えてほしいんだけど、この近くに公園ってない？　ええと、すべり台がキリンなところ」

「え……？」

♪　♪　♪

——数分後。

わたしは、小さな公園のキリンのすべり台の上でＭＩＫＵと並んでジュースを飲んでいるという、夢か現実かわからない状況に身を置いていた。

レモン色の炭酸飲料をごくごくと喉に流し込んだＭＩＫＵは、おじさんがビールでも飲んだみたいに「ぷはぁっ」と幸せそうに息を吐いた。

「おいっしぃ～っ！　普段は炭酸ダメって言われてるの。少しでも喉を傷めないようにって。神経質よねー」

「は、はぁ……」

「プロ意識の高いミュージシャンはみんなそうしています！　だって。もぉ～」

またマネージャーらしき目つきと口調を真似て、ぷーっと口をとがらせている。

あまりにもフツーだ。フツーの女の子だ。

イメージとのギャップが埋まらなすぎて、言葉が出なかった。

わたしは、ちっとも減らない自分の分の飲み物を抱えたまま、ようやく質問を絞り出した。

「ど、どうしてこんなところにいるんですか？　近くでお仕事、とか……」

「うん、そう。たまたま近くでロケやってて、っていっても隣町だけどさ、どうしてもこの公園が懐かしくなっちゃって、こっそり抜け出して見に来たの」

「え？ ここ、知ってるんですか？」

「ずっと小さいころに、わりと近くに住んでたの。この公園は二、三回しか来たことがないんだけど、大事な思い出があってさー」

その時の彼女の目は、本当に澄んでいた。

よく、画面越しに見て、なんて美人なんだろう、まるで作られた人形のようだ、って何度も感心したものだけど、今のこの、どこか寂しそうな目をする人間らしい彼女のほうが数倍も美しいと思ってしまった。

「仲がよかった男の子がいてね、その子と大喧嘩しちゃって、おままごと中に飛び出しちゃったの。で、ここのすべり台の下に隠れてたのを、夕方の遅い時間になって見つけてくれてね。そのあと二人で『こんな遅くまで遊んで！』って怒られたなぁ……」

「大喧嘩……ですか」

ますますイメージと違うけれど、もうあまり驚かなくなっていた。

「そ。大喧嘩。だってさぁ……あ、笑わないでね？」

「はい？」

「その男の子がね、他の女の子とおままごとしてたの。で、お父さん役とお母さん役をやってたのよ。その子のお母さん役は私だーって勝手に思い込んでたから、なんかショックでさー。それで大喧嘩。その子の顔とかももうはっきりと覚えてないんだけど、あの時のショックだけは今でもはっきり覚えてるわ」

言いながら、自分でくすくすと笑っている。

こんなに表情が変わる人なんだと、あらためて思った。

ひとしきり笑ったあと彼女は、ふと懐かしそうに目を細めて、ふう、と一息ついた。

「あー、気が晴れた。ごめんね、無理やり付き合わせちゃって」

「え、いえ」

夕日を仰いだ彼女が、少しだけ何か考えたように黙ってから、さっきまでとは違う貼り付けたような笑みになって訊いてきた。

「その制服って……奏丘高校よね？」

「あ……はい」

そこで彼女を巡るトラブルを思い出し、わたしはとっさに「一年です」と付け加えて、何も知らないという顔をした。

少しホッとしたように表情を緩めて、彼女は言う。

「そっかぁ。もうすぐ文化祭よね？　何かするの？」

今度は、わたしが考える番だった。結局、出てきたのは、はっきりと声に出せないような小声だった。

「えっと……歌を……」

「そうなんだ！　好きな歌うたうの？　いいなぁ～、がんばってね！」

彼女の反応は、意外なほど好意的だった。

（もしかして……）

もう、この人は、自由に好きな歌をうたえない立場なのかもしれない。そんなことを考えた。

すると、自然に問いかけてしまった。

「あの……ＭＩＫＵ……さんは、どうして歌手になろうと思ったんですか？」

まるで自分がインタビュアーのようだなと、内心で苦笑しかけた。さっきの新曲のプロモーション映像を思い出してしまう。

あんなきらびやかな世界で堂々と輝いている歌姫だ。きっと、小さなことでうじうじと悩んでいるわたしなんかには想像もつかないような、大きなきっかけがあったんだろう。

でも、返ってきた答えは、インタビューの時のような美しい歌姫のそれではなく、ごく自然な笑顔だった。

「かわいい服が着たかったから、かな」

「へ……」

「あとは～、歌がうまいとお母さんが褒めてくれたし。……あ、私のこと単純だって思ったでしょーっ？　動機なんてそんなもんなんだからねっ！」

かわいらしくむくれた彼女の表情が、すぐに驚きのそれに変わる。

それはそうだ。

自分でも驚いた。わたしの目から、一滴だけ涙がこぼれたのだ。

「わっ！　ど、どうしたの？　どこか痛い？　コンタクトがはずれたとか？」

慌てふためく彼女の前で、わたしも慌てる。

「いえいえいえ、大丈夫です！　あれ？　なんでだろ……」

本当によくわからない。

わたしはレンと距離を置くようになって以来、まともに泣いたことがなかったのだ。

意地っ張りの結果だということは自分でもよくわかっているけど、そのうち泣き方も忘れたのか、うれしくても悲しくてもちっとも涙が流れなくなった。

ところが、本人すら気付いていない何かを、彼女は察したらしい。

浮かしかけた腰を再び下ろして、まるで歌うように自然に、こんなことを言った。

「さては、何かあったんでしょ～？　付き合ってくれたお礼に、愚痴でもなんでも聞くよ？」

「え、っと…あの……」

「さっ！　どーんとこーい！」

細い腕を広げて、ケラケラ笑う彼女に、わたしはいつの間にか、これまで隠してきた自分の悩みを話し始めていた。

初めて会う相手なのに、しかも全然立場が違うのに、急に胸のつかえがとれたように、レンのことを打ち明けた。名前とか、具体的なことはぼかしたけれど、関係性や出来事はそのまま話した。しばらくフムフムと聞き入っていた彼女は、話がひと段落したところで、こぶしを握って立ち上がった。

「それはその男の子がニブすぎる！」

手のなかのペットボトルが少しひしゃげて、ぱきっと音がした。

「ダメだよこのまんまじゃ！　そういう男はね、はっきり言ってやらないと一生気付かないからね！　あー、もー、なんなのよそいつはーっ！　私がガッツリ教育してやりたいわ！　あ、ごめん、そいつとか言っちゃって！」

あまりに真剣に怒るその姿に、わたしは思わず、プッと噴き出してしまった。

「そうですよね！　ニブいですよね！」

「ホントだよ！　女心をわかってない！」

「そーだそーだ！」

わたしたちはまるで昔からの友達のように、しばらく文句を言いあったあと、同時に大笑いをした。

なんだかすごくすっきりして、わたしは素直に感謝の気持ちを伝えた。

「聞いてもらってよかったです。すみません、こんな話、お仕事してるＭＩＫＵさんから見たらくだらないですよね」

「そーんなことないよ」

彼女は、にっこりと笑った。

「ちょっとうらやましいくらいよ。高校とか、幼馴染みとかさ。こんなこと言ったらアレだけど、聞いてて楽しかった」

「あ……」

そうだ。彼女は、メイコ会長から聞いた話ではわたしとひとつしか歳が違わないのだ。あんな出来事がなければ、高校にだって通っていただろう。

「そうだ。今さらだけど、名前なんていうの？」

「リンです」

「そっかぁ。かわいい名前だね」

と、彼女は、わたしの目をまっすぐに見た。

「ねえリンちゃん。あのね……」

そして、少しだけ間があった。きっと彼女は、いくつかの言葉を飲み込んだのだ。紡《つむ》がれた言葉は、途切れ途切れだったけれど、響きは強かった。

「がんばって！　高校とか、いろいろね。私の分も！」

「は、はい……」

夕日に照らされるその顔が、あんまりにも美しくて、わたしはそれ以上の言葉を失ってしまった。

その時だ。

「リーーーーーーン！　どこだーーーーーーっ！」

聞き覚えのある声が遠くから近づいてきて、わたしはハッと立ち上がった。

「よかったね。さて、おじゃま虫は消えよっかな」

よく通る声を響かせて、彼女は子どものように笑いながらすべり台を滑り降りた。

それを追って滑ったわたしのほうは、慌てるあまり笑顔も忘れている。

「あ、あのっ」

「あーあ。マネージャー怒ってるんだろうなー」

彼女、ＭＩＫＵは、パンパンとお尻の砂を払ってから、最後にわたしに向かってにっこりと笑い、小さく手を振って走って行った。

去り際、大きな瞳に夕日を映すその微笑みは、今にも消えてしまいそうに儚《はかな》く見えて、不思議なくらい胸が締めつけられた。ああやっぱりこの人はまぎれもなくあのミステリアスな歌姫だったんだ、とあらためて思った。

あまりに現実感がなくて、わたしはついに別れの言葉も、お礼すらも返せなかった。

「おおーーーーーい！　リーーーーーーーン！」

そこへ、入れ替わるように、レンがやってきた。超有名人とすれ違ったはずだが、気付かなかったのか、立ち止まった様子はない。

わたしの姿を公園の片隅に見つけると、ホッとしたような、噛みしめるような顔になって、まっすぐ駆けてくる。

「ハァ…こんなところにいたのか…ハァ…」

ずっと走っていたのだろう。息が切れて、額も汗だくだ。

レンは、言葉を探していたようだけど、わたしはそれを待たずに、押し出されるように口を開いていた。

「あのね、レン」

「え……？」

たぶんわたしの表情が、いつもと違っていたんだろう。レンは言葉に詰まったように、小さく驚いていた。

わたしの悩みなんて、ちっぽけだし、この性格も、きっとすぐには変えられない。

(あの人みたいに微笑むことはできないかもしれないけど――)

でも、約束した。がんばる、って。

「わたし、歌うよ。文化祭で」

「え、おまえ……」

「歌いたい歌があるの」

わたしの顔を見て本気だとわかったのか、レンは目を丸くしていた。それから、その目を細めてくしゃっと笑い、「ありがとう」と小さく言った。

「もうひとつ、いい？」

胸が、ドキドキと高鳴っていた。

とても当たり前のことのように、言葉が出た。

「文化祭のあと、レンに言わなきゃいけないことがあるの。聞いてくれる？」

レンは、その言葉の意味を噛み砕くように黙ったあと、静かな表情になって、こう返してきた。

「そうだな。オレも、あるよ」

♪　♪　♪

翌日、一学期の最終日。

わたしとレンは並んで生徒会のメンバーに頭を下げた。

練習しなければいけない曲が一曲増えるというのに、会長も先輩たちも、むしろうれしそうに承諾してくれたのが印象的だった。

ドラムスティックをくるくる回しながら、会長は言った。

「アタシの最後の仕事でもあるんだし、思いのたけをありったけぶち込んで歌ってくれよな！」

5　メランコリック

【9月18日(金)　文化祭当日】


「たこ焼きー、たこ焼きいかーっすかー。お好み焼きもあるよー」

「演劇部のお化け屋敷はこの奥でーす。大道具係、渾身《こんしん》のセットですよー」

奏高の文化祭は、生徒数も相まってけっこう大がかりだ。

わたしたち生徒会役員も、当日は各教室を回ってトラブルや不正がないかをチェックしながら、舞台でのプログラムの流れも確認して裏方を補佐したりと、やることは多い。

また、周囲の声をさりげなく聞いて、生徒たちが学校や文化祭に何を求めているかを知るのも大事だ。これは生徒会の方針というか、メイコ会長の方針だった。

そんななかでわたしも、ちらほらとバンドの話題を耳にした。

「なんか、生徒会がバンドやるらしいよ」

「マジで？　メイコ様が？」

「ルカさんが歌うの？　へ～、それは行きてーなぁ」

「いっちょ派手に応援してやるか～」

「まあ、生徒会にはいつもいろいろしてもらってるしな」

そして今わたしたちは、体育館のステージの裏にいる。衣装はない。普段の自分たちを見てもらおう、という会長の提案で、制服のままだ。

みんな、それぞれに緊張した面持ちだが、とりわけわたしはひどかったと思う。

まずルカさんが二曲を歌い、そのあとわたしにマイクが渡されるという流れだ。

つまり、図らずもトリということになる。

それは無理だと願い出た時にも、なぜか会長がどうしてもこの順番でやりたいと言って押し通したのだ。キーボードだってままならないのに……。

短い練習期間でやれるだけのことはやったけれど、失敗への恐怖と緊張から、全身が震えて仕方がない。

全員を見渡していた会長が、すぐにわたしの様子に気付いた。

「リン、大丈夫かい？　顔青いよ？」

「……うあぁ……あいぃ……」

返事になっていないが、唇が震えて言葉にならないのだ。

会長は、腕組みをしたままニッと笑った。

「いいなー。キミは色白だから、きっとスポットライトに映《は》えるよ」

いつもと変わらない堂々とした態度だ。

(ダメだ、わたし。こんなんじゃ……)

両手でごしごしと顔をこすってみた。なんとか血色を良くしたかったのだが、そもそも指先がびっくりするほど冷たくて、逆効果だった。

その時、視界が隠れたわたしのお腹を、すかさず会長がつまんできた。しかもわざわざ制服の中に手を入れて。

「うやあぁぁぁっ!」

突然のことにびっくりして声をあげてしまうと、ケラケラと愉快そうな笑い声が返ってくる。

「いいかい、歌ってのは、腹筋が大事なんだ、腹筋! はい、お腹に力入れてー!」

「わ、わかりましたから!」

焦って手を振り払う。

しかし、わたしは気付いていた。

(会長の手も……すごく冷たかった)

そうだ。会長だって緊張していないわけはないんだ。それなのに、わたしたちの緊張をほぐそうと、いつもと変わらずに笑っている。

そこに、しきりにうなずきながら、こわばった顔のカイト先輩が、自分にも言いきかせるように口を開いた。

「そ、そうだよリンさん。緊張したら、みんなぬいぐるみだと思えばいいよ。それでもダメなら……そうだ！　目なんか閉じちゃおうよ！」

「目を閉じたら楽器弾けないだろー」

会長のツッコミに、がくりと肩を落としている。

「ぼ、僕は少しでもリンさんにリラックスしてもらおうと……」

「キミのほうが顔青いよ」

容赦ないツッコミに、わたしは思わず口元が緩んでしまった。

その両頬が、背後から伸びてきた手に、ぐにっと引っ張られる。

「はい、笑顔」

誰がやったのかは、見なくてもわかった。

「ル、ルカへんはい……」

振り返ると、ルカ先輩はお手本のように満面の笑みを見せてくれた。

「リンちゃんなら大丈夫。だって、リンちゃんだもん」

だけど、やっぱりルカ先輩の手も、冷たかった。

みんなの気遣いや優しさがわかって、わたしはようやく肩の力が、ほんの少しだけど抜けた。

わたしは、隣に立つレンの顔を見上げた。

レンは、何も言わなかった。

でも、わたしの思ったことがわかったかのように、小さくうなずいてくれた。そこには、何よりも多くの言葉が込められていたと思う。

彼はさりげなく、わたしの隣に立ち続けてくれていたのだ。歌うと決めたあの日から、ずっとそうだった。

そのレンが提案する。

「あの、円陣組まないっすか。部活ではよくやってたんですけど」

「いいね」

うなずいた会長の前に集まって、わたしたち五人は円になってかがんだ。それぞれの顔が近づき、おたがいの体温と息づかいを感じる。

ほんの少しだけ何か考えたような間があったあと、会長が意外なほど静かに口を開いた。

「……みんな、ごめん」

誰もが驚いたようで、視線が集中する。

「今回は、ほとんどアタシのわがままだ。……そもそも、この生徒会だってアタシが意地を張ってこんな形のまま運営させてもらってるから、みんなには損な役回りばっかり押し付けてきた。こんな会長なのに……最後まで付き合ってくれて……ありがとう」

あのいつも強気な会長が、笑顔もなく、消えそうになる声を懸命に出している。

きっとここで、これまで自分がやってきたことのひとつの結果が出ることに対して、怖さがあるんだろう。当然だ。それだけこの人はがんばってきたと思う。

短い間しか見ていなかったけど、どんな時でも凛と前を向いてわたしたちを引っ張ってきた姿に、実はどれだけの葛藤とプレッシャーと努力があったかなんて、想像もつかない。

「……お客さん、観に来てくれるかな……」

そのつぶやきに、わたしは思わずガバッと身を起こしてしまった。裏返りそうになる声を、どうしても止めることができず、そのまま言葉にした。

「あ、あのっ！　わ、わたし、あの、がんばります！　歌います！　お客さんが何人でも、もしも、えっと、拍手とかそういうのなんてなくっても、あの、わたし……ゼッタイに最後まで一生懸命に歌いますから！」

会長みたいに。とは、心のなかで叫んだ。

すると、なぜかみんなが顔を上げ、次から次へとわたしの頭をくしゃくしゃにかき回してきた。

「え、ちょ、ちょっと、ええっ？」

面食らってしまったわたしの前で、みんな妙にうれしそうに笑っている。

「キミって子は、もぉ～」

「やっぱりリンちゃんよね」

「リンさんを見てると、子どものころのあの子を思い出すよ」

それぞれ勝手なことを言いながらなでまわすものだから、髪がくしゃくしゃだ。

「やめてぇーっ！」

ようやく振りほどいたわたしをまあまあとなだめながら、レンが手櫛で髪を梳《と》かしてくれた。

みんなが不思議なくらいすっきりとした顔を見合わせて、それからハイタッチをして、おたがいの肩を叩いて……わたしたちはステージに上がっていった。

楽器はすでにスタンバイされている。

わたしはキーボードの前に立って、大きく深呼吸した。

自分の心臓の音が聞こえそうなくらいの静けさのなか、ゆっくりと幕が上がる。

「……え？」

最初に耳に飛び込んできたのは、ざわざわとした人の声だった。遮音効果のある幕だったから、今まで気付かなかったのだ。

次いで、喧騒は信じられないくらいの大歓声に変わった。

人の声が波のように押し寄せてくる。

「せーの！　ルーーーーーカーーーーーっ！」

「カイトくーん、こっちー、こっち向いてーっ！」

「うおおお、メイコ様ぁぁーっ！」

あちらこちらから熱狂的な声援があがっている。

スポットライトが逆光になっていてはっきりとは見えないが、広い体育館が埋め尽くされるほどだったと思う。

「応援に来たぞ、生徒会ーっ！」

「がんばれぇーっ！」

お腹の底まで響いてくるような観客の声を聞きながら、ドラムのほうをちらりと見てみた。

会長が唇を噛み締めて涙をこらえているのを、わたしは初めて見た。

♪　♪　♪

「いくよーっ!!」

会長がドラムスティックを打ち鳴らす。

軽快な前奏から、アップテンポの曲が始まる。

ルカ先輩が歌い出すと、呼応するように歓声があがる。

わたしは、ただ無心でキーボードを叩き続けた。周囲を見る余裕なんてない。間違えないように と、必死だ。

ただ、音だけは聴こえる。体に響いてくる。

わたしには楽器のことはわからないけど、練習中にレンが教えてくれた。

ドラムは全体のリズムを作ってバンドの作るすべての音を導く、縁の下の力持ちなんだ。

ベースは目立たないように見えるけど、ここがしっかりと仕事をすると音に驚くほど厚みが出る、重要なパートだ。

ヴォーカルだって、音程をとるのがうまいだけじゃダメで、聴く人を元気にするような心を震わせる魅力が必要なんだ。

そんな説明が、担当する生徒会メンバーたちをそのまま表しているようだった。

その時、会長がレンに言っていた。

「後ろはアタシらに任せて、ギターは目立て。派手にやるんだよ。自由に遊んでいいからね」

今、その言葉をまっすぐに受けて、レンはパフォーマンスを交えながら飛び回っている。ヴォーカルに寄り添ったり、それぞれのパートに近づいてきて合わせるように弦を弾いたりするから、視界に飛び込んでくるのだ。

スポットライトに汗の玉がきらめいている。向けてくれた輝くような笑顔に、体の硬さがとれるようだった。

(レンって……こんなふうに笑うことあるんだ……)

彼がこうしてステージでギターを弾くところを見るのは、初めてだ。

夏休みは、多くの時間をレンといっしょに過ごした気がする。

歌うと意気込んだものの、キーボードに不安があったわたしに、いやな顔ひとつせずつきっきりで練習に付き合ってくれた。レンがギターを始めた本当のきっかけを知ったり、息抜きに出かけたりもした。

あんなにも長く、レンの顔を間近で見続けたのは、子どもの時以来だった。

（これから先も……レンの知らない顔を見ることがあるのかな……）

大歓声のなか、ルカ先輩が手を挙げて応えている。曲は次のバラードに入った。

人の声はしだいに静まり、みんなルカ先輩の澄んだ歌声に耳を傾けている。

さっきの曲はルカ先輩に譜面を書き換えてもらってパート部分を簡略化してもらっていたけど、今度の曲はキーボードの音が目立つところが多い。

（集中しなきゃ……！）

わたしはひとまずレンのことも頭から消した。

無心で指を動かして、自分のパートの演奏は、なんとか失敗なく終わった。

（よかった……できた……）

安心すると同時に、再び体が震えた。

わたしにとっては、ここからが本当の意味での本番だ。

ますます増えたように見える観客からは、ルカ先輩への声援が惜しみなく投げかけられていた。

熱気でうっすらと汗をかいた会長が、ドラムシンバルを一回ジャーンと鳴らして立ち上がった。

「盛り上がってるかー!?」

館内を震わすような声援が返ってくる。

「どうだー、うちのルカはいいだろー？　ハンパな男にはあげないからなー？」

冗談めかしたＭＣに、同じく冗談めかした野次が返る。

「まあ、生徒会に入ってがんばるっていう真面目な男になら、考えてもいいけどなぁ〜」

また宣伝かー、ちゃっかりしやがってー、と誰かが叫んで、笑いが起きる。

会長はうれしそうにケラケラ笑って、目でわたしに合図を送った。

「おい、特に男子！　うちの看板娘は、ルカだけじゃないぞー？　いいのが育ってるから、瞬《まばた》きしないでよーく見とけよー？」

ルカ先輩から渡されたマイクが、妙に冷たく感じられた。わたしの指先が冷たいのだ。震えが止まらない。

ステージの中央に立つと、より大きな歓声が襲いかかってきて、尻餅をつきそうだった。

でも、わたしがここで何か一言しゃべってから曲紹介をする、という段取りになっている。会長も、視線で促《うなが》してきた。

「い、一年の、リンです。あ、あの……」

ふいに会場が、静まり返った。無音というわけではないが、わたしの次の言葉を待っているようだ。

つまり、当たり前のことだけど、みんながこっちを見ているのだ。

（あ……う……）

中学の生徒会でも全校生徒の前に立ったことはあったが、こんな状況は初めてだ。

さっきまでは目の前にキーボードがあったから、まだ集中できていたのだ。ステージの真ん中だと、こんなにも違って見えるなんて思わなかった。

頭のなかがぼんやりして、視界が急に狭くなった。

（ど、どうしよ……どうしよ……）

極度の緊張から、口を閉じることすら忘れていたわたしは、このままではせっかくの盛り上がりを壊してしまうと思って、ますます何も考えられなくなった。

そんな時、完全に冷たくなっていたわたしの隣に、不思議な温かさを持った何かが現れた。

「リン」

それは、レンだった。

ギターを掲げ、名前を呼ぶ以外には何も言うことなく、ただ立っていた。その表情は、しっかりとわたしを見ながら笑っていた。

（レン……）

そうだ。わたしは、歌うと決めたんだ。

何よりも、レンのために。

それを思い出すと、すっと肩の力が抜けた。

振り返ってみると、先輩たちの表情がよく見えた。みんな、笑っている。事前にもらったアドバイスが、頭に浮かんでくる。

あの時と同じように、レンはわたしの隣でうなずいた。

わたしは、マイクを持ち直し、観客席にしっかりと顔を向けた。

「この歌は、わたしがずっと好きだった曲。そしてわたしの、今の……素直な気持ちです」

スポットライトが、まぶしい。

震えは、止まった。

なぜか小さいころの自分を思い出しながら、すうっと息を吸い込む。

わたしの曲紹介と同時に、会長がドラムスティックを打ち鳴らして、前奏の合図を出す。

「聴いてください。『メランコリック』」

♪　♪　♪

夕日の差し込む窓辺で、わたしは思い切り伸びをした。

こんなに風が気持ちいいと感じたことはなかった。

「はぁ〜っ、無事に終わったねー」

ここは生徒会室。

室内にいるのは、わたしとレンの二人だけだ。先輩たちは各教室の片づけをチェックしに回っていて、わたしたちは機材やパンフレットの整理をしていた。

ついさっき、作業が一段落ついたところだ。

「盛り上がったなー。特に最後」

レンはテーブルにお尻を引っかけるように座り、思い出すようにクックと笑っている。

「おまえ、開き直ってマイクで生徒会の宣伝しまくったもんなー」

「あ、あれは、なんか、そうしたほうがいいのかなって……」

今さら恥ずかしくなる。歌のあと、思いもよらない盛大な拍手をもらって、また緊張がぶり返したのをなんとかごまかそうとした結果だ。

「メイコさん2号、とか呼ばれてたもんな。ハハハ。おまえ、きっといい生徒会長になるよ」

「わ、わたしが!?　ちょ、ちょっと待ってよ、まだわかんないでしょ！」

他の一年生だってこれから入ってきてくれるだろうし、それこそレンが会長、なんてこともあるかもしれない。でも、もしも自分が会長になるなんてことになったら、その時は、きっとレンが助けてくれるんだろうな、と思う。

風で暴れる髪を指で押さえる。そういえば、春から少し伸びた。

「さて、会長たちの手伝いにでも行こっか」

しかしレンは、笑顔を消して、こう言った。

「待ってくれ」

「え……」

ああ、そうか。

わたしは思った。

今、ここで、なんだ。わたしの気持ちを打ち明けるのは。

レンがどんな顔をするか、想像すると怖くもあったけど、たとえ望まない答えだって、このままを続けるより、ずっといい。

それに、あの日、公園で話した彼女とも、約束した。高校生活をがんばる、と。わたしは返事ができなかったけど、心のなかではうなずいていた。

「レン、あのね……」

「オレさぁ、ルカさんに叱られたよ」

「え……？」

わたしの言葉は遮られた。レンは、こちらを見ずに、虚空を見つめるような目でこんなことを言い出した。

「どうして膝《ひざ》のこと、リンに教えなかったんだ、って。リンはそんなに軽い存在なのか、ってさ」

「……」

「そうだよなって。あとで知ったら、おまえもショックだよなって。オレすげー考えた。おまえってオレにとってなんなんだろうなって」

「レン……」

風の音が聞こえなくなった。

レンは、こちらを向いた。その顔は、ちょっと困ったような笑顔だった。

「それで、思ったんだ。考えてみればオレたち、昔は双子だったんだよな。もしかして、一番大事なことを最初に話すべき相手って、おまえだったんじゃないかってさ」

奇妙な感覚だった。

胸の奥がざわざわした。

わたしは、思い出していた。

気付かなくてもいいところで、余計なことに気付く。知らないふりをして、素直に泣いたり笑ったりしていればいいのに、それができない。自分自身の、いやになるくらいにかわいくない、この不器用さを。

この予感を、言葉にしてはいけない気がした。

だけど、レンの言葉は悲しく続いた。

「だから、今回は誰よりも先に、おまえに言うよ」

彼の姿が、すうっと遠ざかったような、そんな感覚を覚えた。

時を動かすように強い風が窓から吹き込んできて、それが終わったタイミングで、レンは言った。

「オレ……転校することになったんだ」


【10月4日(日)昼】


あれからの数日は、どうやって過ごしたか、よく覚えていない。

レンに、がんばってね、元気でね、と言ったことは確かだけど、どんな表情をしたかはわからない。

わたしの気持ちは、ついに伝えることはできなかった。

転校の理由は、親の転勤。それ以外にも説明されたけど、頭に入らなかった。

ただ、必死に、笑ったことだけは覚えている。

レンの両親は、先に引っ越し先へと移るらしくて、うちに挨拶に来たのがついこの間のこと。

本人の希望で生徒会の引継ぎが終わるまで一人で残っていたレンも、とうとう日曜日である今日、行ってしまうという。

わたしは、朝からずっとベッドから出ずに、布団にくるまっていた。

何か考えると、押しつぶされてしまいそうで、ただじっと時間がたつのを待っていた。

見送りに行く、と言っておいて、わたしは行かなかった。

今ごろ生徒会のメンバーが空港でレンを送り出しているはずだ。さっきまでは何度か携帯が着信していたけど、やがてそれもなくなった。

どうしてこんなことになったんだろう。

カーテンも閉め切っている。今は、空も見たくなかった。

(もう飛行機、行っちゃったかな……)

どうして……。

信じられなかった。

明日から、レンがいない。

学校に行っても、生徒会室に行っても、屋上に行っても、レンがいない。

登校中に後ろから声をかけられて驚くこともない。あの、目を細めた、くしゃっとした笑顔が、どこにもないのだ。

ウソみたいだった。

冗談みたいだった。

寝て起きたら、全部夢だった、ってことにならないかと淡い期待をしても何も変わらず、容赦なく今日は訪れた。

考えれば考えるほど、胸の奥から何かが押し出されるようなもやもや感があって、布団を抱きしめて顔をうずめた。

そんな時だ。

ピンポーン――

家のチャイムが鳴って、たぶんお母さんが対応しているような雰囲気があった。

その直後だ。バタバタといくつかの足音が、階段をのぼってくる。

「すみません――おじゃまします――お騒がせします――」

そんな、聞き覚えのある声が聞こえてきて、わたしの頭がゆっくりと働き始めた。

勢いよく部屋のドアが開けられ、入ってきたのは、三人の人影だった。

「何やってんだ、リン！」

あっという間に、布団をはぎ取られる。

外気とともに感じた人の気配は、覚えのある、でも、ここにいるはずがない、そういうものだった。

「キミがいなくてどうするのよ！」

「か、かいちょ……」

小さく縮こまっていたわたしの顔を、メイコ会長が覗き込んでくる。いつもの、意志のある目だ。

「リンさん、行こう！」

そう言うのは、カイト先輩。聞いたことがないほど強い声だった。

「おばさん、すみません。リンちゃん借ります！」

ルカ先輩が、壁にかかっていたわたしのパーカーをつかみながら言う。

「ほら、立って！　今ならまだ間に合う！」

と、会長がわたしの腕をつかみ、引き起こす。

ほとんど抱きかかえるように連れ出され、わたしは家の外に停められていたタクシーの後部座席に詰め込まれた。

「空港まで戻ってください！　超特急で！」

運転手さんが車を発進させたところで、ようやくわたしは声が出た。

「あ、あの、空港って……」

しかし、誰からも返事はなかった。

わたしを挟んで座っている会長もルカ先輩も、前の助手席にいるカイト先輩も、一度わたしの目をじっと見ただけだった。

ルカ先輩がわたしにパーカーを着せて、乱れた髪をくしで丁寧に梳《と》かしてくれている。そういえば、服は部屋着のまま、足元はサンダルだ。

答えはなくても、なんとなくわかった。レンのいるところへと向かっているのだと。

しきりに時計を気にしているメイコ先輩が、「もっとスピード出せませんか!?」と運転手さんをせっつき、カイト先輩は何度もどこかへ携帯で電話をかけていた。

「ホントにっ？　じゃあギリギリまでそこにいて！　頼むよ！」

懇願するように叫んだカイト先輩が、後ろの会長に告げる。

「前のフライトの着陸が遅れて、出発時間が十分遅れるってアナウンスがあったそうです！」

「よし！　ギリギリ間に合う！」

わたしは、だんだんと震え始めた自分の手を、無心でさすることしかできなかった。

タクシーはほどなく、空港の前で止まった。

カイト先輩がお財布を出すと同時に目配せして、わたしは会長に引っ張り出され、そのまま手を引かれた。

こんな格好だけど、不思議と恥ずかしいとかそういう感覚はなくて、わたしも全速力で走っていた。

「すいません！　失礼します！　ごめんなさい！」

会長は周囲に大声で謝りながら、人の多い空港ロビーをかき分けるように、わたしの手を引いて走ってくれた。

途中でサンダルが片方脱げたのがわかったけど、構わずそのまま走った。

やがて、大きな番号の書かれた柱の前に立つ、レンの姿を見つけた。たぶん手荷物の検査をするゲートなのだろう。空港の係員と何かを話していて、まだ、こちらには気付いていない。

「レン！」

自然と、わたしは叫んでいた。

レンがこっちを向いたのがわかった。驚いたような顔をしている。

「リン……おまえ……」

わたしは、レンの前に立った。

会長がぐいっと背中を押して、お互いの距離がぐっと縮まる。手を伸ばせば届く距離だ。

ルカ先輩と、わたしのサンダルを拾ってくれたらしいカイト先輩も追いついてきて、わたしの後ろに並んだ。

レンからは、どう見えていただろう。これまでいっしょにがんばってきた生徒会のメンバーが、そろって目の前にいるのだ。

この瞬間、わたしは自分がここに来ようとしなかったことを、レンにこの景色を見せようとしなかったことを、申し訳ないと思った。

「ハア……ハア……レン……」

息が整わないわたしは、きっとひどい見た目だったと思う。走ったせいで結局髪はぐちゃぐちゃになっているだろうし、服は部屋着にパーカーを羽織っただけ、足なんて片方は裸足だ。

でも、レンは、わたしの顔を見て笑った。

あのくしゃくしゃな、目を細めて口を広く開ける、わたしの一番好きな笑い方で。

「レン！　わたし……わたしね……っ！」

言葉を絞り出そうとした時、何か温かい感触が頭に触れたのがわかった。

「あ……」

思い出した。小さいころ、転んで泣きそうになっていると、レンがこうして、頭をなでてくれたことを。

温かくて、そして、あのころよりもずっと大きな手だった。

「リン、ありがとうな。オレのわがまま聞いて、歌ってくれて」

そう言って、レンは自分の首からぶら下げていた携帯型の音楽プレーヤーを掲げた。

「おまえの歌、聴きながら行くよ」

「レ……」

アナウンスが流れた。レンが乗るのであろう便がもうすぐ出発すると。

レンはわたしの目をじっと見つめて、少しだけ口元をきゅっと結んだあと、また笑顔になった。

「オレ、おまえと双子って言われるの、けっこう好きだったよ」

そう言ってレンは、最後に先輩たちに目礼して、ゲートの向こうへと去って行った。ずっと、手を振りながら。

「……」

頭に残った温かい感触が、ゆっくりとなくなっていく。

レンの姿は、すでに見えなくなっていた。

わたしは、自分の両手で頭を包むようにして守った。それでも、感触は消えていく。なくなっていく。

ざわざわとした空港の喧騒が、思い出されたように聞こえてきて、そしてはっきりと知った。

この日常のなかから、わたしの前から、レンがいなくなってしまったということを。

ルカ先輩がわたしの肩を抱き、カイト先輩がサンダルを足元に置いてくれた。

「リンちゃん……」

「………………う……」

全身の力が抜けた。

その場にへたり込んだ。

わたしの目から、堰《せき》を切ったように涙があふれてきた。

「うあああ………レン……レェン………」

あんなに泣けなかったのに。

あんなに言えなかったのに。

あの背中と外ハネの髪が視界から消えてしまって初めて、自分がどんなにバカなことをしていたのかを、思い知った。

そうだった。

わたしは、子どものころは泣き虫だった。

いつもレンの面倒を見ているお姉さんぶっていたけれど、いつも泣いていたのはわたしのほうだった。

「いやだぁ……行っちゃいやだぁ……レン、行かないでぇ…………」

もう周囲の目も関係なく、子どものころと同じように泣きじゃくってしまったわたしの頭を、優しい手がなでてくれることは、もう、なかった。

「うあああああああぁぁぁぁぁぁぁ…………」

♪　♪　♪

高校一年生の秋。

桜が舞う季節に始まったわたしの物語は、落ち葉が舞い始める季節に、淡い秋空の向こうへと溶けて消えていった。

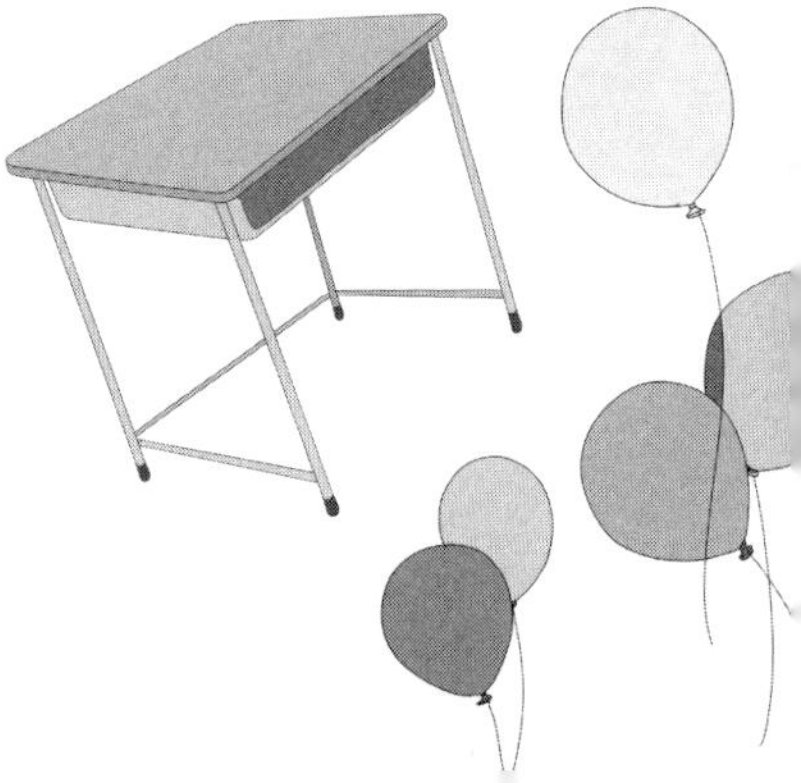

第2章
LEN in the mirror

失敗って取り返せないのかなあ。

一度つまずくと戻れないのかなあ。

ほんの少し届かなかったり、ほんの少し忘れていたり、ほんの少し見逃してしまったり、ほんの少し……意地を張ったり、

それだけでもう、チャンスは訪れなくなってしまうのかなあ。

なあ、おまえはどう思う?

1　懐かしいなと思ってさ

【6月2日（火）　放課後】


「くそ〜、今日も雨かよ」

梅雨空に悪態をついたって、どうしようもないのはわかっている。

中学の部活ではちょっとの雨なんて気にしないで走り回ってたもんだけどさ。

なんの因果か巡り合わせか、高校では生徒会になんて入ったもんだから、こんなオレでも少しは振る舞いに気を付けるようになった。

こんなこと言ったら生徒会長のメイコさんあたりには爆笑されそうだけど、密かに目標にしているのは、副会長のカイトさんなんだ。なんていうか、落ち着いてて、品があるっていうのかな、とにかく大人ーって感じでさ。

本当の大人がどういうものかなんてわからないけど、高校生になったからにはあまり子どもっぽくならないようにしないとな、と思ってるんだ。小さいころはさんざん「かわいい」とか言われて、すっかりみんなの弟的なポジションになってたからなあ。

「レンくん、今帰り？」

噂をすれば、オレのお姉さんの一人がやってきた。

「ルカさん。おつかれっす」

かわいらしいピンクの傘をさしているこの人は、オレを生徒会に誘ってくれたルカさん。中学時代にはサッカー部でマネージャーをしてもらってたっていう縁もある。ひとつ先輩の二年生だ。

「今日は、リンちゃんは？」

「先に帰ったんじゃないかなあ。生徒会がない日は、だいたい別っすよ」

「そうなんだ。今日は寒いねー」

「ですね。うち昨日暖房が再稼働しましたよ」

はーっと息を吐くと、煙みたいに白いモクモクが出た。梅雨の時期だけ寒くなるのは、毎年のことだ。今年からは足や関節のコンディションを心配しなくてよくなったから、ちょっとだけ忘れてたけど。

「あのー、ルカさん」

「うん？」

「オレのこと生徒会に誘ってくれたのって、やっぱりあれっすか？　サッカーできなくなったからっ？」

「ん～……ナイショ」

「ナイショですか」

「ナイショです」

ふふふ、と笑ういつもの顔からは本心はわからないけど、この人のことだからきっとそうなんだろう。

世話になりっぱなしだなと、あらためて思う。

まあ膝《ひざ》にしたって、何も絶望的に悪いとかそういうことじゃなく、成長痛の上位モンスターみたいな感じらしいし、成長期のピークが過ぎるまで運動部はやめておきなさい、くらいのもので、実際オレもそこまでサッカーに未練があるってわけでもない。

逆に、それを一生の後悔のように思えるほど打ち込めるものがあるヤツを、うらやましく思う。

オレにはまだ、そういうの、ないからな。

(後悔……か)

そこまでのものじゃないが、あの時ああしておけばよかったな、くらいのことなら、ひとつないわけでもないけど……。

「あら？　あれって……」

ふいにつぶやいたルカさんにつられて前を見ると、見慣れた人物がいた。

街路樹の下で黄色い傘をさして立っている小柄なシルエット。間違いない。幼馴染みのリンだ。

先に帰っていたと思ったけど、なぜ立ち止まっているんだろう。

「あいつ、何してんだ」

リンは、たぶん傘のせいで死角になっていたであろうところから現れたオレたちの姿に気付いて、ハッと顔を向けた。何か言おうとしたようだが、なぜかすぐに顔をしかめて、無言でそのまま水たまりも気にせず踏みつけて走り去ってしまった。

「なんだ、あいつ……？」

意味がわからなかった。

なんだかオレに向けられた視線に非難が混じっていたような気がしたが、ケンカをした覚えはない。

ルカさんが、リンの消えていった方向を見ながら言った。

「もしかして、待ってたんじゃないの？　レンくんのこと」

「え？　あいつがオレを？　ないっすよそんなの」

「でも、昼休みにレンくん、リンちゃんに言ってたじゃない。『お礼だったら、何か奢れよ』って。何かのお礼しようと思ったんじゃないの？」

「いや、あれはただの冗談っすよ。ただ昨日の帰りに傘に入れただけで」

「ああ、雨すごかったもんね。雷も鳴って」

「あいつ珍しく今日になってお礼言おうとしたんで、オレもああ返しただけで、本気で奢れってわけじゃ……。そ、それにあいつも、『調子に乗るな』ってやたらプリプリ怒ってたじゃないっすか」

「……ハァ」

ルカさんはため息をついて、かくりと首を前に曲げた。

「すごいね、レンくんって……。これは会長の言う通り、カイトくん以上だわ……」

「へ？」

雨の音でよく聞こえなくて、耳を向けたが、ルカさんは黙っていた。ピンクの傘が、右へ左へと半回転ずつ交互に回っている。

ちらっと顔を覗き込むと、なぜかちょっと不満げに、何か考え込んでいるようだった。

「あのぉ……」

「レンくん」

「あ、はい」

「こんなこと、ホントは私から言いたくないの。でもイヤな子になりたくないの。だからってイイ子でいたいとも思わないの」

「はぁ……」

「リンちゃんにはちゃんとフォローしたほうがいいよ。たまにはどこかいっしょに出かけてみるとかさ」

「出かける……ですか。リンと……」

「もうっ！」

急にルカさんの両手が伸びてきて、オレの両頬を引っ張ってきた。自分の傘もお構いなしにやるものだから、濡れちゃいけないと思って思わずピンクの取っ手をつかんだから、オレの両手も塞がるというおかしな構図になった。

「いひゃいいひゃい」

「言っときますけど！　私がレンくんを生徒会に誘ったのは、半分以上が私のわがままなの。私があなたを誘いたいと思ったから誘ったの。私はそんなにいい先輩じゃありません！　ばか！」

「ふひぇ？」

突然のお怒りモードに、こっちは混乱するばかりだ。ちなみにこのほっぺたつねるやつ、会長からは三回くらいやられてるし、ルカさんはたぶん会長から受け継いだんだと思う。

やっと顔を解放してくれたあとも、ルカさんは珍しく口をとがらせて、もう一度「ばーか」と言ってから、こう続けた。

「とにかくっ、リンちゃんをほったらかしにしないこと！　いいわね？」

「は、はい」

「……ああもう……ばかは私よ……」

ルカさんが大きなため息をついたところで、いつも別れる交差点に差し掛かった。最後までオレをにらんで、またため息をついて、またにらんで、を繰り返しながら、ルカさんは自宅の方向へと帰っていった。

オレは頬をさすりながらそれを見送った。

「会長のより……痛かったな。ルカさん容赦ないよ……」

自分の家の方向へと足を進める。

(リンはもう家かな)

さっき言われたことを思い出す。

(あいつと出かける、か……)

そういえば、小さいころに一度、二人だけで遠出をしたことがある。といっても今思えばそんなに遠くでもないんだけど。

引率してくれるはずだったリンの母親が急な用事で行けなくなって、それでもリン本人がどうしても行きたいと言ったから、許可をもらって二人だけでバスに乗って出かけたんだ。ほんの数駅先の、動物園へ。

(あいつ、覚えてるかなあ……)

家について、玄関の前で、隣の二階の窓を見た。半分だけカーテンが開いて、電気がついていたけど、人影は見えなかった。

しばらく雨音を聞いてから、オレは自分の家に入った。

♪　♪　♪

「レン、早く！　こっちこっち！」

「待ってよー。もうちょっとライオン見たいよ」

「あとでいいでしょ！　もー、早く！」

オレの手を引っ張る、小さな手。

がやがやとした多くの家族連れの騒がしさすら、子どもだけの大冒険を盛り上げるＢＧＭのようで、オレはすっかり興奮していた。

それを見越していたのであろうリンの母親から何度も言い含められていたのは、定期的な電話報告と、どこへ行くにもトイレ以外は必ず手をつないでいること、だった。

周囲からは、仲の良い男女の双子に見えたことだろう。このころはまだ、見た目も服装もそっくりだったのだ。

リンにはここへ来たがった明確な理由があって、一刻も早くそこへ行きたいようだった。ほとんどの動物の檻《おり》をすっ飛ばしてたどり着いたその場所で、あいつは胸までの高さがある塀を乗り越えんばかりの勢いで、感激の悲鳴をもらしていた。

「わあーっ！　見て見てほらレン！　レンってば、ほら！」

「わかったって……うわっ！　でっけぇーっ！」

なんだかんだオレもすぐに夢中になった。

そこには、悠然と草をはむ二頭のキリンがいた。

閉鎖される隣県の動物園からここへキリンが引っ越してくると地方ニュースで知ったのが先月のこと。以来リンは毎日のように「レンと見に行きたい、レンと見に行きたい」と親にねだっていたのだと、あとで真っ赤な顔のリンに服を引っ張られながらおばさんが教えてくれた。

あのころのリンは、やたらに照れ屋で、でもとても感情に素直だったと思う。とにかく元気だったのは間違いない。

そんなやつが、いつまでも言葉を忘れてキリンに見入っていたものだから、なんだか声をかけるのもはばかられて、ただずっと手だけつないで隣にいたっけ。

リンは長い首が動くたびに、輝かせた目で追っていた。

結局あらためて他の動物を見て回った時も、キリンの前では長く立ち止まることになって、それでも満足しなかったのか、また来ようね、またいっしょにキリンを見ようね、と、約束の指切りをするほどだった。

律儀にずっと手をつないでいたから、右手と左手の指切りはやりにくくて、こうかなこうかなと体をひねって二人で笑ったな。

しかし、事件は帰り道で起こった。

「レンってば！　早く早く！　バスが行っちゃう！」

「おまえがいつまでもキリン見てたからだろ！」

ギリギリの時間まで大丈夫とたかをくくっていたオレたちは、動物の檻から園の出口までの時間を考慮に入れていなかったんだ。そのせいで、乗る予定だったバスの時間に遅れそうになり、必死に走って、すでに停留所にいたバスに飛び乗った。

いや、結果から言うと、実はすでに乗り遅れていたのだ。慌てて飛び乗ったのは別のバスで、しかも安心したオレたちは土地勘のなさも手伝って、いくつもバス停を通り過ぎるまで逆方向に運ばれていることに気付かなかった。

「なあ、リン……こんなところ通ったか？」

「え？ う〜ん……」

車窓の外はすでに暗くなりかけていて、バスが今どのあたりを走っているのか判断がつかなかった。

悩む間もバスは走り続け、気が付けば名前も知らない終点へとたどり着いていた。そこは、大きな電車の駅の前だった。人通りも多く、車やタクシーも行き交っていた。

「ここ、どこだろ……。ねえレン、知ってる？」

「……」

オレは首を横に振った、と思う。心中はそれどころじゃなかった。

名前も知らない場所で、目の前をスーツ姿の大人たちが早足で通り過ぎていくなか、オレたちだけぽつんと立ち尽くしている。空の暗さと、たくさんのネオンサインが、ますます孤独感を掻《か》き立てた。

連絡用にと持たされていた携帯電話は、頻繁な長電話のためとっくに電池が切れていた。

バスや電車の時刻表を見ても、行き先すら読めないし、そもそも見方もよく知らない。

しっかりと握っていた手も、寒さで感覚がなくなっていた。

「…………ウッ……ヒック……」

いつしかリンは、うつむいたまましゃくりあげていた。

どうしていいのかわからず、オレも泣いてしまいそうだった。しかし、不安そうにぽたぽたと涙を流すリンを見ているうちに、生まれて初めて、子どもながらに使命感のようなものを感じて奮い立った。

「大丈夫だよ、リン。行こう。オレがなんとかする」

つないでいた手を、いっしょに上着のポケットに突っ込んだ。

すぐに自分の体の熱が伝わって温かくなり、それで少し安心したのか、リンも顔を上げた。

涙でぐしょぐしょになった顔を、何かのマンガで見たのを真似て、もう片方の手で拭いてやった。といっても、よくわからなくて乱暴に手のひらをこすりつけただけだったが。

涙って冷たいんだな、と思ったのと、泣きすぎて火照《ほて》ったリンの頬がやたらに熱く感じたのを覚えている。

「す、す、すいません！　あの、オレ、レンって言います！」

オレは、片っ端から周囲の通行人に声をかけまくった。

スーツを着ている知らない大人なんて、子どもからすると正体不明の怖い他人でしかなくて、声をかけるだけでも相当な勇気が必要だった。ほとんどの人は、怪訝《けげん》そうに立ち去るか、気付かずに行ってしまうだけだった。

話を聞いてくれた人も、子どもの要領を得ない説明では首をかしげるばかりで、軽く謝って去って行った。それでもめげずに声をかけ続けたら、何人目かの人にある場所を指さされた。

「あそこに交番があるから、そこで聞くといいよ」

駅の端っこに、言われた通り交番があった。

しかし。

「レン……やめよ？　きっと怒ら…れ…ちゃ……」

また泣きそうな様子のリンは、いつしかぴったりとオレに体をくっつけていた。勝手に遠くまで来てしまったことへのうしろめたさからか、お巡《まわ》りさんの制服を見たとたん尻込みし始めたリンは、オレの腕を引く。

リンに腕を引かれながら、オレも同じことを考えていた。

かっちりと制服を着て、人ごみをにらみつけているお巡りさんの姿は、とにかく怖いものでしかなかった。

でも、すぐに答えは出た。

「大丈夫。オレが全部怒られるから、心配するな！　行こう！」

「レンが……？　でも……やだっ！　そんなのやだぁ……うえぇぇ～……」

とうとう大泣きし始めたリンの姿に、お巡りさんのほうが先に気付いて、駆け寄ってきてくれた。

「どうしたんだい、きみたち？　もう暗いよ？　おうちはどこかな？」

想像以上に優しく話しかけられて、身構えていたオレもすぐに安心した。交番のなかへ連れていかれ、ヒックヒックとしゃくりあげるリンと、たどたどしいオレの説明をじっくりと聞いてくれたそのお巡りさんは、リンが持っていた携帯電話に気付くとすぐに充電をしてくれた。

携帯には、どうやらいくつもおばさんたちから着信が入っていたらしい。そこから連絡が行き、やがてお互いの母親がタクシーに乗り合わせて迎えに来た。

そのころにはすっかり泣きやんでいたリンと違って、オレは安心感から緊張の糸が切れてしまい、母親を見た瞬間にこらえきれなくなってわんわん泣き出してしまった。

同じく安心したらしい母親から、「ほらほら、男の子が泣かないの。リンちゃんみたいに強い子にならなくちゃ」と優しくなだめられた。

その後オレたちは、叱られはしなかったものの、二人だけで遠くに出かけるのはもちろん禁止された。

だから二人で出かけたのは、あの動物園が最初で最後の機会だったのだ。

こういうのを、ほろ苦いって言うのかな。そういう思い出だ。

♪　♪　♪

オレは窓から外を見た。

雨はまだ、変わりなく降っていた。

向かいに見える似たような窓の先は、リンの部屋だ。

広くはないけど庭を挟んでいるから、さすがに屋根伝いに飛び移れるような造りじゃない。でも、窓と窓で顔を出して会話はできる。

そんな距離だ。

小学生のころはここでお互いの予定を聞いて、どちらかの部屋に遊びに行くというのが常だったし、時にはわからない宿題の答えを教え合ったりもした。

最後にここで会話したのは、いつだっただろう。

(寝てんのかな、あいつ)

今も窓の向こうに姿は見えない。部屋に遊びに行ったのはずいぶん昔のことで、今の家具の配置はわからないが、明かりはついているから、たぶん机に向かっているか、ベッドに寝転んでいるかしているんだろう。

「あ……」

そう思っていると、カーテンを閉めにきたのだろうか、マグカップを片手に持ったリンが、窓際にやってきたのが見えた。ひょっとすると階下に飲み物を取りに行っていたのかもしれない。まだ制服姿だ。

向こうもこっちの姿に気付いたようで、手を止めた。

オレは、窓を開けてみた。

小さいころから、どちらかがこうすると、会話しようという合図だった。

何か考えるように目をそらしたリンだったが、やがてあっちも窓を開けた。カラカラカラ、と少し懐かしく感じる音が響く。

「何?」

「ん……いや、なんとなく」

「そ」

リンはカップのなかのものを一口飲んだ。

「あー、あのさ」

考える前に声が出てしまった。ちょっと寒いな、とか、何飲んでるんだ、とか、すぐ思いつくような質問はあったが、口をついて出たのは別のセリフだった。

「おまえって、なんていうか……覚えてるか？　昔のこととか」

「何それ」

「や、なんか、懐かしいなと思ってさ、こういうの」

「……」

あの日からリンは、動物園のことを決して口に出さなかった。怖い目に遭ったから当然といえば当然だが、キリンを見てあんなに喜んでいたのもまた事実だ。

また二人でキリンを見よう。

そう言っていたことを、あいつはもう覚えていないのだろうか。

「アンタよりは……」

「え？」

「アンタよりは覚えてると思う。昔のこと」

表情も口調も、いつもと変わらなかった。笑っているわけではないが、怒っているわけでもない。

オレは思いきって口にしてみた。

「今度、そのー、どこか出かけないか？」

「……誰と？」

「や、二人で」

「……」

リンは何やら考えるように、マグカップに視線を落とした。

「どこに？」

「……ええと」

今度はこっちが考える番だった。

動物園、と言ってみていいものか。でも、もしリンがあの時のことをはっきり覚えていなかったら、今さら二人で動物園もないだろう。

いや、子どもっぽいとあきれられるくらいならまだいい。

あれが嫌な思い出になっていたとしたら、嫌味や、からかいと受け取られてしまうかもしれない。

悩んだ挙句、出てきたのは、無難なものだった。

「カラオケ……とか。ほら、おまえ、昔はよく歌って――」

「行かない」

ちょっと口調がきつくなった。

何かまずかったかと考え込みかけたところで、リンがこう言った。

「それって、ルカ先輩に言われたの？」

ギクリとしてしまった。表情に出ていたと思う。

考えてみれば、オレからリンを誘うなんて、小さいころからほとんどなかった。いつも誘ってきたのはリンのほうだったのだ。

さすがに不自然すぎたと思うし、ウソをついても仕方ない。

「鋭いなおまえ……。んー、まあ、そうなんだけど、たまにはいいかなってオレも……」

「行かない」

念を押すように再び言われたが、ますます口調がきつい。

「な、なんか怒ってるのか？」

「べつに」

リンはそれ以上何も言わず、窓を閉めた。……だけでなく、カーテンも閉めてしまった。

最後に口が「ばか」と動いていた気がする。だとすれば、今日はやたらに人から「ばか」と言われる日だ。

「怒ってんじゃねーかよ……」

いつものことながら、何がリンの地雷だったのかわからなくて、オレは文字通り頭を抱えてしまった。

髪をくしゃくしゃと掻く音が、雨音に重なった。

2 覚えてないだろうな

【6月6日（土）昼】

生徒会の活動にも、だいぶ慣れたある日のことだった。

オレは思うところあって、アルバイトを探していた。

ちょうど休日に街を歩いている時に張り紙を見つけて立ち止まる。時給からすると悪くない条件だなと見入っていると、後ろから声をかけられた。

「あれ？　レン君じゃないか」

振り返ると、見知った顔があった。生徒会の副会長である、カイトさんだ。

「ちわっす。買い物っすか？」

「うん。ちょっとそこの本屋へ、ね」

カイトさんは、オレが今まで付き合いのあったやつらとはまったく別のタイプで、すごく物腰の柔らかい人だ。最近、この人にぴったりの表現を見つけた。

『理知的』だ。

時々かけているメガネが良く似合う、文系男子ってやつだった。

「レン君は、何してたの？」

「や、ちょっと、バイトの募集があったんで」

「え……。アルバイト、するの……？」

ひどく驚いている様子のカイトさんに、オレは慌てた。

「あれっ？　いや、あの、うちの学校って申請すればバイトＯＫっすよね？　あ、そっか。いえいえいえ、生徒会のほうもちゃんとするんで！」

「えっと、そうじゃなくて……」

「金が要《い》るんすよっ。まとまった金が！」

「な、なんか借金してる人みたいなこと言ってるけど……。え～と、ここでバイトするの？　って思って」

「へ？」

見上げて、初めて気付いた。

そこは、かわいらしいケーキショップだった。喫茶スペースもあって、女の子たちが楽しそうに談笑している。

アルバイトスタッフ募集とは書いてあるものの、おそらくこれはウェイトレス、つまり女性限定なのだろう。

「あー……」

自分の不注意にあきれていると、察したらしいカイトさんが笑顔で肩を叩いてきた。

「まあまあ。よかったらちょっと食べていこうよ。ご馳走するから」

「え？　こ、ここでっすか？」

「うん。僕ここよく来るんだ」

「へ？　あの、え？　え？」

カイトさんはオレの手を引いて、慣れた様子で店に入った。入り口をくぐると、甘い香りが鼻《び》腔《こう》をくすぐってきた。

「いらっしゃいませー。あら、カイトくん」

顔見知りらしい店員のお姉さんに案内されて、奥の席へと通される。窓に面していて、歩道を歩く人と目が合ってしまうし、どうも落ち着かない。

そもそも、店の内装はストロベリーケーキを思わせる白とピンクとブラウンを基調としたファンシーなもので、なんだかふわふわした気分になった。

カイトさんに倣《なら》ってたどたどしく注文すると、女の子が好きそうな、おいしそうなケーキと紅茶がすぐに運ばれてきた。

「レン君、お金が要るって、何か買いたいものでもあるの？」

店員さんが下がってすぐ、カイトさんに直球で質問される。オレは正直に答えた。

「実は、そんなすぐに必要ってことでもないんすよ。ただ、そろそろギター買い換えたいなって思ってて」

「へえ～。ギターやってるんだ？　エレキ？」

「はい。でも、今持ってるやつは親戚のにーちゃんから一式譲ってもらったやつなんで、もともと使い込まれてたからけっこうガタがきてて。どうせなら新しいの欲しいなーって」

その親戚が最初にくれたのは、電気のいらない、いわゆるフォークギターだった。

必死で練習してすっかりはまり、それならと今度は中古のエレキギターと、チューナーやアンプなどを一式くれたのだが、上達してくるほどにもっといいギターが欲しくなった。もちろん中学生には高価で手が出なかったが、高校に入ったらバイトでもしようかというのは、前々から画策していたことだった。

でも、生徒会は思っていたよりずっと忙しく、突発的に放課後の時間がつぶれることもよくある。土日だけバイトするのも手ではあるけど、休日がいっさいなくなるのも、それはそれでつらい。

オレ自身、あの生徒会が楽しくなっているのもあるし、新しいギターだって今すぐ欲しいというわけじゃないから、実際そこまで必要に迫られているわけではないのだ。今回はたまたま募集要項に書かれた時給が他よりよかったから見ていたに過ぎない。

そういったことをかいつまんで説明すると、カイトさんは何度もうなずきながら熱心に聞いてくれた。

「そうなんだ。僕も中学では吹奏楽やってたから、新しい自分用の楽器が欲しいって気持ちはわかるよ」

「へぇー！　パートってなんだったんすか？」

「バイオリンだよ」

「あ、なんか似合うっす、それ」

「え、そう？　褒めてるの？」

「褒めてます。めちゃくちゃ褒めてます」

優雅な感じが簡単に想像できすぎて、ちょっと笑ってしまった。そういえばカイトさんの中学はメイコ会長と同じって言ってたっけ。

昔、吹奏楽部に勧誘してきた友達が「あそこはレベルが高い」って言ってたのをぼんやり覚えている。

それで、ふと気になった。

「なんで楽器やろうって思ったんすか？　きっかけとか」

「きっかけ？　う〜ん……」

なぜかカイトさんは、困ったように眉を下げた。「笑わない？」と前置きして、こう話してくれた。

「小さいころにね、すごく歌が好きな子が友達にいて、その子の影響なんだ。いつか歌に合わせて伴奏したいなあなんて漠然と思っててさ」

「……」

「え、どうしたの？」

オレが急に真顔で黙ってしまったのを、カイトさんはすぐに気付いて、顔を覗き込んでくる。

「あ、いえその……オレのきっかけと似てるなあって」

「そうなの？」

「ええ。ガキのころに歌が好きなやつがいて、それで」

「へ〜え」

カイトさんは感心したようにしきりにうなずいていた。

「その人とは、今でも仲がいいの？」

「う〜ん……どうだろ。まあ、フツーっすかねえ……」

どう答えていいかわからずに、そう言った。

「ねえ、その人って、ひょっとして……」

何か思うところがあったのか、カイトさんは質問を重ねようとした。しかし。

「いや……やっぱりいいや」

もし核心を突かれていたらどうしよう、とハラハラしていたオレは、一気に肩の力が抜けた。

いくらカイトさん相手とはいえ、面と向かって言うのはさすがに照れくさい。

しばらくオレの表情を見ていたカイトさんが、くすっと笑ったところで、別の声がかけられた。

「あらぁ〜、カイトちゃんじゃないの。いらっしゃ〜い」

よっぽど常連なんだろう、ということにも驚いたが、それ以前に、声の主にぎょっとしてしまった。パッと見かなりの長身で筋肉質な、三十歳前後くらいの、白いコック服姿の男性が立っていた。パティシエというやつだろうか。

しかし厚い胸筋で服の前がはじけそうで、オレが思っていた一般的なパティシエのイメージとはかなり違っていた。しかも、ごつごつした手を両頰に当てて、体をくねくねさせているのだから、インパクトは絶大だった。

「こんにちは、店長さん」

「えっ、店長!?」

思わず声が出たオレに、店長と呼ばれたその男性は、まつ毛バシバシなのに男らしい顔を、ぐいっと近づけてきた。

「あらぁ、お友達？　かわいいじゃないのぉ。ここのケーキぜんぶワタシの手作りなの。愛情たっぷりだからいっぱい食べてネ」

「は、はぁ…」

声も野太い。さすがに圧倒される。

そんな人と普通に会話しているカイトさんを、あらためて尊敬した。

何やら楽しそうに今日のケーキについて話していた二人だったが、黙って飲んでいたオレの紅茶がなくなりかけたところで、思い出したようにカイトさんが言った。

「そういえば店長さん、ここアルバイト募集してるみたいですけど」

するとと店長は、ひときわ体をよじり、顔をしかめた。

「そぉ〜なのよぅ！　ホール任せてたコが急に二人もやめちゃって、だからワタシもこうしてたまに手伝いに出てきてるのぉ〜」

「わあ、大変ですね」

たしかに、それなりにお客さんが入れ替わっているのに、注文を取っているウェイトレスさんは一人しかいない。見るからに、てんてこまいな状況だった。

「せめて次のコが来てくれるまで、一か月くらいでいいから手伝ってくれる人を探してるんだけど、なかなか見つからなくって。もぉ〜困っちゃってるのよぉ」

どうやら本当に困っているらしい。厚い唇を曲げて、店長は岩のような肩を落としていた。

すると、カイトさんが言った。

「一か月でいいんですか？」

「え？　そうね、ひとまずは」

あごに手を当てて考えていたカイトさんが、何かひらめいたような目をオレの顔に向けた時、言わんとすることがなんとなくわかった。

「ええっ？　や、オレ、こういうのやったことないっすよ？」

思わず先読みで返事をしてしまったら、店長がものすごい勢いでオレの眼前に顔を近づけてきた。

「まあぁぁ〜っ、アナタ手伝ってくれるのぉっ!?」

「え、いや、あの」

「助かるわぁ〜っ！　ダイジョーブ、簡単なお仕事だけ回すようにするから、未経験でもオッケーよ！」

「あ、あの……ええ〜……」

そこからはもう、断る隙すらなかった。

すっかりテンションの上がった店長にぐいぐいと迫られて、恐怖すら覚えたオレは、うなずく以外の選択肢を持てなかったのだった。


【6月9日（火）　放課後】


「で、結局こうなるんすね……」

その三日後には、オレとカイトさんは店のホールに立っていた。

「いやぁ、実は前からやってみたかったんだよね、ケーキ屋さんって。レン君がいてくれてよかった〜」

「……オレの尊敬、返して……」

なぜかノリノリのカイトさんといっしょに、ここでバイトをすることになったのだ。

同じくノリノリの店長が同業者に借りて用意したという制服は、ベストと蝶ネクタイが堅苦しくてどうにも着心地が悪かった。

「やだぁ〜、似合うじゃな〜い。カイトちゃんもレンちゃんも」

「どもっす……。店長、顔近いっす……」

一か月限定のバイトということで、学校からも思ったよりあっさりと許可が降りた。先生たちから信頼されているカイトさんがいっしょっていうのも大きかったみたいだ。

出勤は、平日は週二で放課後に、あとは休日の出られる時に、という具合だ。一か月、と言いつつ、実際には期末テスト前の勉強期間にかからないよう、少し期間を短くしてもらっている。

短期間の臨時バイトということもあって、レジなどお金の絡むものには触らず、お客さんの注文を聞くこととテーブルの片づけをひたすらこなすというふうに限定した役割を与えられた。

ケーキの説明はメニューに書いてあるから、お客さんに複雑な質問をされることもないし、それほど難しくはなかった。最初こそ緊張したものの、同じ作業の繰り返しですぐに慣れた。

そんなこんなで数回ほど出勤したころには、空いた時間には裏方も少しは手伝えるようになったりして、仕事が楽しくなってきた。

知り合いも冷やかし半分に顔を出してくれたりした。

【6月15日（月）　放課後】

　ある日の放課後。

「いらっしゃいませ……げっ！」

「おいおい、客にその反応はないんじゃないかー？　んー？」

　にやにやと楽しそうに笑うメイコ会長が、ルカさんとリンを引き連れてバイト先にやってきた。

　この人は、冷やかし半分じゃない。冷やかし九割くらいだ、きっと。

「ど、どうぞこちらのお席へ……」

　なんだか妙な照れくささもあって、顔が引きつっていたと思う。

　イスに座った会長は、メニューを差し出したオレの格好を上から下までしげしげと眺めて、ニイッと笑った。

「ほお～。ふ～ん。なかなかサマになってるじゃない」

　ルカさんも似たような反応だ。

「ホント。レンくんってそういう服も似合うのね。ね、リンちゃん？」

「えっ！　わ、わたしはべつに……」

　リンは興味がないのか、さっさとメニューに目を落として、こっちを見ようとしなかった。

　会長がオレの鼻先を指さす。

「よぉ～し、レン。じゃあ、今日のアタシに似合うケーキをひとつ。あと、おいしくなる呪文的なやつかけてよね。かわい～くよ？」

「いや、うちそういう店じゃないんで。じゃあ『本日のおすすめケーキ』どうすか？」

「ちぇ～、なんだよ。けっこう接客慣れしてるなあ。もっと焦れよー。つまんないの～」

「そりゃまあ、お客さん多いし、慣れますって」

あー、と頬杖をついて、会長は周囲を見回した。

「たしかに混んでるねー。てか、前に来た時はこんなに混んでなかったと思うんだけど」

「あ、それたぶん、あの人の効果っす」

ちらっと別のテーブルで注文を聞いているカイトさんに視線を向けた。実際、オレたちがここでバイトを始めたとたん、奏高の女子生徒の来客が日ごとに増えていった。

おかげで想像よりもずっと忙しく、よろこんでいるのは店長だけだったりする。

「……あー、カイトかぁ。あいつはもう、無自覚ド天然の女ったらしだからなあ」

「会長、言い方が…」

苦笑してツッコむルカさんを見て、何を思い出したのか、会長は盛大なため息をついた。

「ほんっと、カイトといいルカといい、キミらの年代はどうなってんだ？　生徒会に来てくれたのはありがたいけどさぁ、最初は余計な人払いで苦労させられたわ」

「わ、私のことは今いいじゃないですかぁ」

とばっちりを受けたルカさんがメニューで口元を隠す。

この二人の人気がすごいことは周知の事実だし、当時の会長の苦労もなんとなく想像がついた。

今同じような目に遭っているオレとしては、早く注文をとって次のお客さんの案内に移りたいところだ。

さすが会長はすぐにそんな空気を察してくれて、「じゃあチョコレートブラウニーと～」と注文を始めた。ルカさんもそれに続く。

「おまえはどうする？」

迷っている様子のリンに聞いてみると、やたらに目が泳いでいた。中学では甘いもの嫌いを公言してたみたいだし、たぶんオレと同じでこういう店に慣れていないんだろう。

「え、えっと……」

「ん？」

「こ、この『本日のおすすめケーキ』って……」

「ええと、『ピスタチオのクリームと洋梨のケーキ』。おまえ豆は平気だよな？　甘さも控えめで美味《うま》いぞ」

「じゃ、じゃあそれで……」

「ドリンクは？　紅茶でいいか？　店長のおすすめの葉で、ファンが多いらしいぞ」

「うん、それ……」

会長がパンパンに頬を膨らまして、ぶーっと息を吹いた。

「なんだよー。リンにばっかり優しくないかー？　客差別だぞー」

「ち、違いますって」

茶化される前に退散し、奥に注文を通した。

カイトさんも後で挨拶に行ったようだが、やっぱり逃げるように他の仕事に移っていた。女三人寄ればなんとやらっていうらしいけど、特に会長のパワーはすごいなと思う。並んでるとあのリンがおとなしく見えるんだもんな。

（なんなら三人で手伝ってくれてもいいのになあ、なんて）

きっとみんなオレより早く慣れるよな。そんなことを思っていると、ふとリンがこちらを向いた。少し距離があったけど、たしかに目が合った。

何か言いたそうな雰囲気だったから、近寄ろうとしたら、さっと目をそらされた。それで行くのをやめたけど、そういえば他のテーブルを接客中に何度か視線を感じたような気がしたのは、ひょっとしてリンだったんだろうか。

【6月20日（土）　午後】

バイト期間も半ばを過ぎた、ある土曜日。

その日は朝から叩きつけるような強い雨が降っていて、昼を過ぎたころにはもう店内ががらがらの状態だった。

（いつもの忙しさがウソみたいだなぁ。ま、これだけ降ってりゃ、出かけないよな）

台風が近くを通っているとニュースで言っていた。雨だけじゃなく風もすごい。

今日はカイトさんもいなくて、目につく掃除も一通りやったら、あとはホールで一人、無為に立っているだけになった。

（ヒマだな……）

そんな時だったから、やってくるお客さんは当然だが目立つ。それが、思ってもみない人物だったらなおさらだ。

オレはそいつが入り口のドアのガラスの間から店内を覗き込んでいる段階で、すでに驚いていた。

「いらっしゃいませ」

おずおずと入ってきたのは、そう、リンだった。

「一人か？」

「うん……」

人目につかない奥の席を案内し、メニューを渡した。

「こんな日に買い物か？」

「えっと……うん、まあ……なんとなく」

「ふ〜ん」

リンが一人でこんなところに来るのは珍しい。しかもこんな日に。傘では防ぎきれなかったようで、肩も髪もびしょ濡れだ。

「好きなの言えよ。奢るよ」

「えっ、い、いいよ」

「任せろって。ああ、じゃあそのうち奢り返してくれよ」

「うん……わかった」

「これで二回分だな」

「…………うん」

心なしか笑ったような顔でリンが注文したのは、ショートケーキと紅茶。それを運んでくる時には、とうとう他の客も帰ってしまった。

「ありがとうございましたー」

ドアの開閉に合わせて声をかけ、客を見送る。

リン以外に客がいないことを確認すると、レジを担当しているバイトの先輩は、厨房の手伝いをするためか、扉の向こうに行ってしまった。

「ん？」

隣のテーブルを片付けていると、リンからの視線を感じた。

目が合うと少し慌てたようだったが、思い直したように声をかけてきた。

「なんか、すごいね……」

「え？　何が？」

「そうやってちゃんと仕事して」

「ハハハ。そうか？」

「……うん」

「まあオレはカイトさんのおまけみたいなもんだし、仕事も簡単なのしか回されないから、実際はたいしたことないけどな」

「そ、そんなことないよ。ちゃんとしすぎてて……なんだか遠くの人みたい」

「ん？　何って？」

「べ、別人みたいに見える、って」

「ハハハ」

いつも賑やかってわけじゃないが、今日のリンはなんだか静かな印象だった。カップを両手で包んで紅茶を飲む仕草が子どものころと同じで、ちょっと懐かしかった。

「あ、そうだ。もうすぐあがる時間だし、いっしょに帰らないか？ ……あ、っと、買い物まだだったらいいけど」

「だ、だいじょうぶっ。終わってるから！」

「そ、そうか？」

「……うん」

急に声の調子を上げたリンだったが、咳払いしてすぐに戻った。

手荷物があるようにも見えなかったが、まさかこのどしゃ降りのなかここに来るためだけに出かけるわけもないし、本人の言うとおり用事は済ませてきたんだろう。

「ね、ねえ、レン」

「ん？」

「どうしてバイト始めたの？」

かなり食い気味に質問された。ひょっとするとずっとリンのなかでは気になっていたのかもしれない。

「あー……うーん、ちょっと欲しいものがあってな」

「そうなんだ？」

「うん。ちょっとな」

ギターのことは、なんとなく言えなかった。

リンがどんな反応をするのか、想像がつかなかったのだ。正直に言うと、あまりいい反応じゃなかったらと思うと、少し怖いような気もする。

というのも、オレがギターを始めたきっかけが、リンだったからだ。

カイトさんが楽器を始めたきっかけを聞いた時、思わず「似てる」と言ってしまったが、実のところ、似てるなんてもんじゃなかった。まったく同じだったのだ。

小さいころのリンは本当に歌が好きで、将来は歌手になりたい、なんてことも言っていたと思う。オレはといえば音楽なんて戦隊モノの主題歌くらいしか知らなかった。ＭＩＫＵだって、デビューした時リンがやけに熱心に聴いていたから、つられて興味を持っただけで、それまでは聴いたこともなかった。

オレがギターを始めたことを知ったリンは、大喜びしていた。

次々と歌いたい曲をリクエストしてきたけど、もちろんまともに弾けるわけがなくて、必ずうまくなると約束して毎日練習したもんだ。

『いつかちゃんと弾けるようになったら、リンの歌にあわせて弾くから！』

それが、当時のオレの明確な目標だった。

ところが、中学に入る少し前くらいから、リンは歌が嫌いだと言い始めた。それまでの自分を否定するみたいに、好きだったものを片っ端から嫌いだと言い始めたんだ。

それから、あまり笑わなくなった。あと、泣かなくもなった。

友達に冷やかされながらもリンといっしょにいるのが楽しかった当時のオレにとって、その変化はあまりにも突然で、驚いた。

結局、明確な答えはわからなくて、そういうもんかと無理やり結論づけたけど、それ以来オレの目標は棚上げになってしまったのだ。

（リンは、あの約束、もう覚えてないだろうな……）

とはいえ、やっているうちにギターそのものが好きになったから、今でも続けているんだけど。

今さら蒸し返すのもアレだし、それに、あの突然の変化より前の出来事って、口に出しにくいんだ。なにしろ、すごい勢いで「そんなこと言ってない！」とか「そんなの知らない！」って否定してたからな、あのころのあいつは。

でも、なんとなくだけど、リンの言っていることってホントのことばかりじゃないような気がする。だってあいつは、学校の帰り道や、一人でいる時間はたいてい、携帯型の音楽プレーヤーで何か聴いてるんだ。今だって首から提げている。

たまに後ろを通った時に漏れ聞こえてくるのは、ＭＩＫＵの楽曲で間違いないし、きっと音楽そのものが嫌いになったとか、そういうことじゃないんだと思う。

だからよけいに、嫌いと言い張る理由がわからなくて、その話題に触れられないんだ。

（まあ、今回のバイト代だけじゃ、欲しいギターにはぜんぜん手が届かないんだけどな）

そう考えた時だ。

雨の日ってのは、ちょっと不思議だと思う。

普段とは違うことを思いつくし、いつもなら話題にしないことも口をついて出てくる。

「なあ、リン、あのさ」

「うん？」

「おまえが使ってるその、音楽聴くやつ、ちょっと見せてくれねーか？」

「え……な、なんで？」

「どこのメーカーかなと思って」

「……見るだけなら」

リンは首にかけたままの状態でそれを差し出してきた。

「ふ〜ん」

「もしかして、これ買うの？」

「うん。そうしようかなって」

どうせギター代には足りない。かといって何も買わないで貯めておくっていうのも寂しいもんだし、前から一台欲しいと思っていたからちょうどいい。

「でもこれ、けっこう古いやつだし、もう同じのはないと思う……」

「あ、そっか。どうすっかなぁ」

実は、ここまでは予想通りの展開だった。

オレは、少し考えたふりをして、リンに言った。

「そうだ。さっきの、奢り返せっていうの、あれナシにしてくれよ」

「え？　……なんで？」

「そのかわりさ、これ買いに行く時に付き合ってくれよ。どんなのがいいかわかんないから、いっしょに選んでほしいんだ」

「……!?」

リンは、ひどく驚いた顔をしていた。

断られるかもしれないとは思っていたけど、雨音が混じった返事は、違った。

「……いいよ」

「そっか。助かるよ」

動物園ではないけど、これでいっしょに出かけられる。

こういう小さな目的だけでも達成させないと、気が済まない。断られたあの日も雨だったし、言うなればリベンジだ。

（そのうち大きな目標も達成できるといいんだけどな……）

そうこうするうち、交代の時間がきた。帰り支度をしてくることをリンに告げて、オレはスタッフルームに引っ込んだ。

リンは、なぜかしきりに紅茶を飲んでいて、オレの顔を見なかったけど、大きくうなずいていた。

(あれ？　なんかオレって……リンがらみの目標ばっかりだな……)

着替えの手が止まる。

でも、考えたのは一瞬だった。

「ま、いっか」

気分がいいんだから、それで。

♪　♪　♪

やがて初めてのアルバイト期間は無事に終了した。

店長からは時給アップを条件にこのまま続けてくれないかと頼まれたが、テストも始まることだし、断った。カイトさんも断ったみたいで、店長はひどく残念がっていた。まあアップしてた客数が元に戻るかもしれないんだから、当然か。

さらにアルバイトを続けられない理由がひとつ。

リンが一人でバイト先に訪れた翌週、会長からの提案で、文化祭で生徒会によるバンドを組もうという計画が持ち上がり、実行されることが決まったのだった。

3　熱のある日の夢みたいだ

【6月25日（木）　放課後】


「イヤッ!!」

強い否定の声に、オレは向けていた人差し指を思わず引っ込めてしまった。

生徒会でバンドをやると決まった時、オレはそれとなくリンをヴォーカルに推薦してみたのだが、返ってきた本人の反応がこれだった。

会長たちがすぐに空気を戻してくれたから、その場ではそれ以上こじれなかったものの、オレは胸にチクリとした痛みを感じていた。

（やっぱり無理なのかなぁ……）

ひとまずヴォーカルはルカさんということになって、曲目も決まった。二曲とも知っている曲だったから、通して弾けるようになるのにそれほど時間はかからなかった。

ただ、順調であればあるほど、頭のなかでいつまでも響く。

リンの、はっきりとした拒否の言葉が。

（そんなにイヤなのかよ、あいつ……）

数日前のやり取りを思い出しながら、放課後の校舎の見回りを手伝っていると、屋上へ続く階段で聞き覚えのある声が耳に流れ込んできた。

……全然つかめないきみのこと――♪

(歌……? これって……)

その先のドアは開放されている。そっと覗くと、予想通りの人物がそこにいた。

(リン……)

囲いの手すりに肘をついて、こちらには背を向けているが、間違えるはずもない。あの後ろ姿と、それから、この歌。

(あのころリンが好きだって言ってた歌だ……)

話しかけると、きっと歌うのをやめてしまうだろう。

オレはただ黙って、その場に立ち尽くしていた。

指が自然とギターのコードをなぞる。何度も練習した曲だから、体に染みついていた。いつか弾いてほしいと最も強く言われ、必ず弾けるようになると固く約束した曲なのだ。

明日もおんなじわたしがいるのかな――♪

不愛想で無口なままのカワいくないヤツ――♪

やがて歌声は小さくなって、消えた。

オレはどうしても出ていくことができなくて、何も言わずにその場を去った。

（やっぱり、忘れてるよな、あんな昔のこと……）


【7月6日（月）朝】


すっかり夏の空気になった月曜日。

オレは眠い目をこすりながら学校へと急いでいた。

最近は練習のためにギターの持ち込みを許してもらっているから早めに起きて朝のうちに生徒会室に保管してたんだが、今日から期末テスト前の勉強期間ということで、昼には授業が終わり、放課後も居残り禁止になる。

久しぶりに荷物が軽くなることもあって、少し長めに寝たら、中途半端に眠い。

「ふあぁ～」

校門をくぐったところで大きくあくびをしたら、後ろから肩ににゅっと手が伸びてきた。

「たるんでるぞー、レン」

「か、会長？」

珍しくメイコ会長と鉢合わせした。自然と玄関まで歩調を合わせる。

「そういえば、レン、キリン見かけなかったか？」

「へ？」

この人の前ではよくあることだが、突然の質問の意味がわからない。眠い頭をなんとか回転させても、だ。

「だ、誰のことっすか？」

「誰じゃなくて、キリンだよ、キリン。知らないのか？　近くの動物園から脱走したってニュースでやってたぞ」

「ええっ!?」

聞けば、昨日の昼に子どものキリンが二頭、文字通り園から脱走して、今も行方がわからないのだという。

「脱走って、そんな簡単にできるんすか？」

「なんか、増えすぎたから別の動物園に譲ろうとして檻から出したんだってさ。知ってる？　キリンって自動車並みのスピードで走るらしいよ」

「へ～え」

「早朝にこのへんで目撃情報があったんだってさ。だからどこかに隠れてるんじゃないかなーと思って」

「それ、どこの動物園なんすか？」

「あそこだよ、ほら、隣町の。ここからだとバスで行けるとこ」

「……」

言葉に詰まってしまった。

間違いなく、リンといっしょに行ったあの動物園だ。

なんだかもやもやした気持ちを抱えたまま、教室へ入った。その時はまだ、「早く見つかるといいなあ」くらいにしか考えてなかった。

違和感に気付いたのは、教室に入ってすぐだった。

席に座っているリンの表情が、なんていうか、完全に硬直してたんだ。緊張しているというか、思いつめているというか、そんな感じ。

近づいて、通り過ぎざまに軽く挨拶したところで、確信に変わる。

「ヨォ、おはよう」

「……はよ…」

心ここにあらずだ。しかも、声をかけたのがオレだということに、行き過ぎてから気付いたようで、振り返って何か訴えるような、そして探るような視線を向けてきた。

場違いに、懐かしいな、と思ってしまった。

あれは、子どものころのリンが泣きそうになった時にしていた顔だ。

時々だけど、リンの考えていることが手に取るようにわかる時がある。自分でも不思議でしょうがない。

いつもは、むしろよくわからないのに。

(あ、そうか)

でも今日は、少しだけ思い当たるふしがあった。

(子どものころと同じ顔してる時は、わかるのかも)

オレは鞄を置いてから、リンの席に向かった。先ほどと同じ目で見上げられる。

迷ったような間のあと、リンの口が開かれた。

「あのさ……レン、知ってる?」

「知ってる」

断定的な返事にかなり面食らったようで、言葉に詰まっていた。

オレは頭を掻きながら続ける。

「おまえ、キリン探しに行くつもりだろ?」

ますますリンの目が大きく見開かれた。と同時に、周囲が驚いて振り返るくらいの勢いで、立ち上がってすがるようにオレの制服をつかんできた。

「おねがい！　レンも手伝って！」

「え、ああ……」

あまりの剣幕に、今度はこっちが言葉を詰まらせる番だった。

ひとまず落ち着かせたものの、ちょうど担任がＨＲのために教室に入ってきたので、後で話そうということになった。

ひどく真剣な目だった。オレは、授業中もずっと、それが頭から離れなかった。

♪　♪　♪

放課後、といっても短縮授業だから、まだ昼。

帰り道でのリンは、今にも走り出しそうなくらいの早足だった。

大股でついていきながら、オレは言った。

「おまえのキリン好きはわかるけどよ、オレらじゃ見つけられないと思うぜ？　そんなわかりやすいところにいたらとっくに誰か見つけてるって」

「……」

怖いくらいにまっすぐ前を向いたまま、リンは速度を緩めなかった。

それ以上何も言えずにいると、リンは乱れた息に混じっていつもよりも低い声を漏らした。

「こんなに暑いなかで外にずっといたら、日射病になってるかも」

「大丈夫だって。キリンってたしか、暑いところの生き物だろ？」

「アスファルトを歩いて、足を怪我してるかも」

「いや、それは……」

「心細くて泣いてるかも」

「……」

なぜこんなに真剣になっているのか、わからなかった。鬼気迫る、と言ってもいい。心配なのはわかるが、まだこのへんにいるという保証もないのに、やみくもに探し回って見つかったら、それこそ奇跡だ。

とはいえ、このままじゃリンはおさまりそうにない。

「じゃあオレも手伝うから、一人で暴走すんなよ？」

「わかってる！」

さすがに子どものころと違って、夢中になって帰れなくなりましたなんてことはないと思うが、その記憶のせいでどうにもこの組み合わせは気になった。

お互いの家に着き、オレは用意されていた昼食をレンジで温めて食べた。早めに部屋に戻ったつもりだったけど、すでに窓の外からくぐもった声が聞こえていた。

「レン！　レン、いる？」

「ああ、今来た」

窓を開けると、リンはすでに着替えていた。

「さっき動物園に電話して聞いたけど、まだ見つかってないって。行こう！」

「おまえ、昼飯はちゃんと食ったのか？」

「いいから、早く！」

急かされるように着替えて、片足立ちで靴を履きながら外へ出ると、リンはすでに玄関先で待っていた。

「どこ探すんだ？」

「隠れやすそうなところ」

「なるほど……」

言うが早いか、リンは駆け出した。

そこからもすごかった。あの人見知りのリンが、道行く人に声をかけまくって、キリンを見なかったかと訊いて回っていた。

おそらく人通りの多いところにはいないだろうと予想して、裏通りを中心に歩き、背の高い建物の陰や狭い通路もくまなく見て回った。

やがて、それらしいものを見たが見間違いかと思った、という証言を得て、オレたちは普段行かない、学校を挟んでさらに向こう側のほうまで足を延ばした。

「リン、待った」

「何？　見つけた!?」

「いや……。おまえ少し水飲めよ。倒れるぞ」

何しろこの季節だ。汗も大量にかいているのに、リンはまったく休もうとしない。さすがにこれを断られると体が心配だ。これ以上無理をするようなら強引にでもやめさせるつもりで、ちょっと強い調子で言うと、差し出したペットボトルを素直に受け取ってくれた。

「それにさ、ここ、行ってみないか？」

歩道脇に立てられた街の見取り図の看板で、そう遠くない場所を指さした。緑が多いと言われている大きな中央公園だ。

「草とか土があるし、街のなかよりは、いそうじゃないか？」

「うん」

大きくうなずいたリンは、休憩もそこそこに歩き出した。オレもそれに続く。

気が付けば、もう夕方が近い。じりじりとした照り返しを感じなくなったのはありがたいが、元サッカー部のオレでもさすがに疲れてきた。リンが疲れてないはずはないんだが、キリンを見つけるという決意はまったく揺らいでいないようだ。

「なあ、リン。おまえどうしてそんなに必死なんだ？」

思わず疑問が口をついて出た。くたびれて思考が散漫になっていたのかもしれない。

リンからの答えは、なかった。

公園に着くころには、日が傾きかけていた。何か予感でもあったのだろうか、それとも焦りからか、リンは体力を振り絞るように広い園内を走り回って、草むらをかき分けていた。

オレも続いてはみたものの、内心ほとんどあきらめていた。いくらなんでも無謀すぎる。熱意だけで見つかるってもんでもないだろう。

頭のなかでは、きりのいいところでなんと言って帰るようリンを説得しようか、そんなことを考え始めていた。

あちこち探したが、見つかるわけもなく、とうとう最後に遊歩道の先にある展望台のようなところへと向かった。リンはさらにそこから外れて、ひと気がなくて緑が多い位置まで向かった。

そこは小高い丘のようになっていて、登っている途中から先の景色が見えた。街を一望、とまではいかないが、遠くまで見渡せる、そんな場所だった。

一足先に走って行ったリンが、祈るような目で脇の草むらをかき分けた。奥まで覗き込むように上半身をもぐらせたあと、とうとう全身の力が抜けたようにその場に座り込んでしまった。

汚れるのも構わず地べたにぺたんと尻餅をついたリンは、緊張の糸が切れたような顔をして、ただ無言だった。

ところが、だ。

どうやって慰めようかと考えながら追いついたオレに、リンは唇を震えさせながら「あっち」

と草むらの陰を指さしたのだ。

「え？　……あっ！」

信じられない光景だった。

そこには、二頭の小さなキリン——といっても立てば二メートルはありそうだ——それが足や首を器用に折り曲げて、寄り添うように眠っている姿があったのだ。

「いる！　二頭いる！　ウソだろ……」

リンが放心したのは、安心したからだったようだ。

見たところ、キリンに大きな怪我はなさそうだ。長い首を後ろに向けるように丸めていて、キリンってこんなふうに眠るのか、なんて感心してしまった。

リンはそっと近寄っていって、潤んだ目で二頭の背中をなでた。

「あっ、そうだ、電話！」

オレが動物園に発見の報告をしている間も、リンはずっとキリンに寄り添ってなで続けていた。

詳しい場所を伝えると、すぐに捕獲のための人員を向かわせるとのことで、誰かが来るまでキリンを刺激しないように傍にいることになった。

「ひとまず、見つかってよかったな。やれやれ、なんで脱走なんかしたのか知らないけど、困ったやつらだな」

なるべく明るく声をかけたが、しかしリンは無言のままで顔をあげなかった。

夕方の風が、少し冷たくなってきた。

汗が冷えるとまずい。オレは風を遮るようにリンの隣に立って、同じく無言で待っていた。

先に小さな声を漏らしたのは、リンのほうだった。

「この子たちね……すごく仲良しだったんだって」

「え？」

「同じ日に生まれて、双子みたいに育てられた男の子と女の子なんだって」

「そう……なのか」

「でもね、増えすぎて餌代がかかるからって、別々の動物園に移されることになったんだって。きっとこの子たち、それがイヤだったんだよ。好きだったんだよ。離ればなれになりたくなかったんだよ」

リンは立ち上がった。

よく見れば、服も靴もドロドロだ。髪だってぐちゃぐちゃで、吹いてくる風にあおられてますます乱れていたが、直そうとしなかった。

オレは肩をすくめ、努めて明るい口調で返す。

「キリンが？　いやぁ、まさか。それはないだろ」

「どうして？」

リンの顔が、こちらへ向けられた。

そのあまりにまっすぐなまなざしに、オレは言葉を忘れてしまった。

「キリンは恋しちゃいけないの？」

「……」

夕日を受けた目は深く、潤んでいて零れ落ちてしまいそうに見えた。頬を汚し、涼しさで唇を震わせているその姿は、しかし決して弱々しくはなかった。今まで見てきたどのリンよりも、印象的だった。

見とれた、のかもしれない……。

本当に何も言えず、ただ立ち尽くしてしまったオレに、リンは目をそらしてこんなことを言った。

「またいっしょにキリンを見たかったの。あの時約束したから……」

「――……っ!?」

すると、その時。

眠っていたはずのキリンが、二頭そろって、むくりと首を持ち上げた。

「やばい！　逃げられる！」

そう思って焦ったオレの予想とは裏腹に、なぜかその首はそろってリンへと向けられた。人懐っこそうに、顔をこすりつけている。

「あはは。くすぐったいってば」

自分の味方がわかるのだろうか。警戒している様子はなかった。

リンはうれしそうに二頭の頭を抱いて、笑っていた。

夕日の下、リンが二頭の仔キリンとじゃれあっている。普通じゃあり得ない。なんだか夢のなかみたいな光景だ。

オレはそれを、いつまでも見ていた。

（約束……覚えてたのか……）

やがて、警察や動物園の職員と思われる人たちが、大勢でやってきた。キリンは思ったよりもおとなしく捕まり、連れられていった。

リンは最後まで、その二頭から目を離さなかった。

♪　♪　♪

動物園の職員たちにキリン発見までの経緯を簡単に聞かれたのち、オレたちもすぐに解放された。くたくたの足で家に帰る途中、リンはなぜかオレと手をつないできた。たぶん、同じことを思い出していたんだと思う。

あのころと違って、少しくらい遠くても、暗くなっても、自分たちで帰れるようになった。泣くこともない。

沈みかけた夕日を背に、オレたちは、特に言葉を交わすこともなく歩いた。

（あのことを覚えてるってことは……ひょっとして……）

いつか窓越しにした会話がよみがえる。

オレよりも昔のことを覚えている、リンはそう言っていた。

（じゃあ、いつかオレがギターを弾くって言ったのも、覚えてるってことだよな……）

ちらりと見たリンの横顔からは、何もわからなかった。

でも、もし覚えてるんだとしたら、約束を守りたい。

「今日は、ありがとね」

別れ際、リンは言った。なんだかさっぱりしたような顔をしていた。

「ああ。また明日、学校でな」

答えて、オレも家に入った。

♪　♪　♪

「ただいま」

すでに父親は帰っているようだ。夕飯の匂いもする。

さすがに腹が減った。

手と顔を洗って簡単に着替え、オレは食卓についた。

妙な気分だった。

なんだかいつもと違う。部屋の空気も、いつもと違う気がした。あんな夢みたいなことがあったあとだからだろうか?

だが、それがオレの勘違いだったことを、すぐに知る。

いつもと違ったのは、両親の雰囲気だったのだ。

「レン、ちょっといいか」

箸を持ったオレに、父親が読んでいた新聞を畳んで話しかけてきた。

「ん? 何? 食ってからでいい?」

「大事な話だ」

「………え?」

そう。夢みたいだった。

でもそれは、高熱を出した日に見るような、得体のしれない悪夢のほうだった。

疲れと空腹と眠気と、それ以上の苦しさを感じながらオレは、どこか申し訳なさそうにこの先のことを語る父親を、箸を下ろすことも忘れて見ていた。

父親の異動に伴う引っ越し、そしてオレの転校を、告げられたのだった。

４　オレがそうしたいんだ

【7月14日（火）　放課後】


「……レン君……レン君？」

呼びかけられて、オレはハッと顔を上げた。

目の前には、心配そうにこっちを見ているカイトさんがいた。

今は放課後。

テスト期間も終わり、生徒会で音楽室に集まってバンドの練習に励んでいたところだ。会長もルカさんもリンもいる。

「どうしたんだい？　考え事？」

「あ、いえいえっ」

考え込んでボーっとしていたようだ。いつの間にか視線が集まっていた。

「おいおい、なんだよー。いっちょまえに思春期かー？　恋バナなら聞かせろよー」

「ち、違いますって」

茶化す会長に続いて、ルカさんがおでこに手を当ててきた。

「具合悪いの？　熱……はないみたいだけど。無理はダメよ？」

「へーきっす。いや、ホントに」

オレは、ちらりとリンの顔を見た。

うかがうようにこちらを見ている。目が合うと、小さく首をかしげたようだった。

「さぁ、もっかい通しでやってみよーか」

会長の号令で、演奏に気持ちを向ける。

(このままじゃ……ダメだよな……)

どんなに音を出しても、頭のなかを駆け巡る声は、ずっと消えることがなかった。

練習が終わってから、カイトさんに話しかけられた。

「レン君、ちょっと手伝ってくれない？」

「了解っす」

最近、よく頼まれるようになった生徒会の仕事。

放課後の各教室を見回って、施錠されているか、変わったことはないかをチェックして報告するというもので、元は生徒会の信頼回復のためにと会長が自主的に始めたことだそうだ。

カイトさんと分担して一通り回る。今日も特に問題はなかった。

生徒会室に戻ると、すでにカイトさんは戻っていた。

「おつかれさま」

そう言って、子どもにお駄賃でもあげるように、チョコレートの包みをひとつくれた。有り難く口に入れると、カカオの甘い香りが広がる。

一息ついたら、だしぬけにカイトさんがこう言った。

「僕、もう一曲くらい増えても、いけるよ」

「え？」

よく会長やルカさんはこの人のことをニブイって言ってるけど、おそらくそれは自身を取り巻く女性関係に限定した話なんだと思う。オレの知る限り、こんなに気持ちを見透かしてくる人はいない。

答えを探していると、カイトさんは微笑んだ。

「レン君がギターを始めた理由って、リンさんでしょ？」

「……まあ」

やっぱり見抜かれている。

気恥ずかしさに背中がかゆくなった。

「どういう事情なのかはわからないけど、二人とも浮かない顔してるこの状況は、なんだか見ていられなくてさ。おせっかいだったらごめんね」

「いえ……」

「レン君は、どうしたいの？」

「……」

オレは、どうしたいんだろう。

やり残しを作りたくないっていうのはある。

約束を守りたいっていうのもある。

リンがなぜ急に歌を嫌いになったのか、その理由がわからないのがもどかしい。

でも、訊いてもきっと正直に答えてはくれない気がする。

つまり、それって……オレが信用されてないってことなのか？

「………」

完全に黙り込んでしまっていたら、ガラリとドアが開けられた。

「おー、なんだ、キミらまだ残ってたのか。ルカとリンも音楽室に残って自主練するっていうし、みんなまじめだなあ。けっこうけっこう」

これから帰るところなのか、鞄を持った会長が入ってきた。

「いやー、おかげさまでバンドも順調だなぁ。レンのアイデアにすっかり助けられたよ」

「あ、はぁ……」

実際はオレのアイデアってわけじゃなくて、ただきっかけになっただけだけど、頭がいっぱいで気の抜けた返事になってしまった。

さすがに会長にもすぐに気付かれてしまった。

「なんだ、まだ何か悩んでるのか？」

「うわっ」

バシン、と強く背中を叩かれて、前のめりに転びそうになった。

会長はケラケラ笑う。

「キミはアタシとおんなじキャラなんだから、あれこれ悩んだって似合わないんだよ。そーゆーのはカイトやルカに任せてさ、キミはもっと単純に考えたほうがいいぞ？」

「単純に……」

そうかもしれない。

できもしないのに、たくさんのことを考えすぎていたのかも。

会長と同じキャラと言ってもらえるほどデキた人間じゃないけど、らしくなかったのはたしかだ。

「ほら、バンドのアイデアだってそうだろ？　ひとつだけパッと思いついたことが、案外正しかったりするんだよ」

「ひとつだけ……パッと思いついたこと……」

オレの顔を覗き込んで、会長はニッと笑った。

「アタシもうあがるよ。ルカたちに鍵渡しといて」

と、オレに生徒会室の鍵を持たせた。

（ひとつだけ思いついたこと……か）

そう言われて、パッと思いついたのは、約束とか理由とか、そういうことじゃなかった。

リンの歌が聴きたい。

ただそれだけだった。

「会長」

「ほい？」

「あざっす」

「ん」

頭を下げると、会長は満足げにうなずいた。

「鍵届けてきます」

「はいよ。じゃあまた明日な」

「……あ」

会長とカイトさんに見送られて部屋を出ようとしたところで、ふと思い立って足を止めた。

「ひとつ質問いいっすか？」

「ひとつだけな」

「さっき、オレと会長は同じキャラって言ってましたけど、会長から見てリンってどんなやつですか？」

予想外の質問だったのだろう。一瞬きょとんとしてから会長は、苦笑した。

「あの子のこと一番理解してるのは、他ならぬキミだろー。……う〜ん、でも、まあ」

と、会長はおもむろに、テーブルの上にあった印刷ミスの紙の裏に、ペンで何か書いて、それをぐしゃぐしゃに丸めた。

「これかな」

「へ？」

広げられた手のひらの上に、ただ乱雑に丸まっただけの紙くずがある。

「ゴミ……？」

「馬鹿モン。失礼だなー」

コツンと頭にそれを投げられた。

拾い上げたオレに、会長は言う。

「何が書いてあるかわからないだろ？」

「はぁ……」

「いつかリンが自分で広げて見せてくれた時、何が書いてあるかって考えると、楽しみじゃないか？」

「……」

オレは、その紙くずをじっと見つめた。何が書いてあるかも、元の形もわからないけど、ぎゅっと丸められたその形に、いつものリンのツンとした顔が重なって見えた気がした。

「……そっすね」

紙を広げてみると、『さっさと会いに行け』と大きく書かれてあった。

思わず笑ってしまう。

「じゃあ行ってきます」

「はいよ」

今度こそ部屋を出たオレの耳に、会長のつぶやきとカイトさんの笑い声は聞こえなかったが。

「キミも似たようなもんだけどね。ホント、そっくりだよ、元双子」

思えば、会長だって地道な努力を繰り返して、面倒な仕事をいくつも引き受けることを積み重ねて今の信頼を勝ち取ったのだ。同じキャラだと言ってもらえるんなら、オレだって、やってやれないことはない。

何よりも、オレがそうしたいんだ。

音楽室のドアを開けると、リンとルカさんがいた。

オレは決意を悟られないように、軽口を叩きながら二人の元へ歩み寄る。

言うなら、二人だけの時がいい、そう思った。でも、リンの顔を見ていると、無理だった。想いがあふれてしまった。

「なあ、リン。頼みがあるんだ」

どこか不安そうな表情は、ひょっとするとオレが何を言おうとしているのかわかったのかもしれない。

それでも、もう迷わないと、決めた。

「文化祭で、歌ってくれないか？」


【7月17日（金） 放課後】


あれから何度か頼み込んで、リンは歌うことを承諾してくれた。

誤解も解きたいと思って、オレがギターを始めたころのことも話してみたが、なかなか信じてもらえなかった。

それで、終業式の後、リンを家に呼んだのだ。

「何、証拠見せるって？」

「いいから座れって」

リンが床に腰を下ろすのを見届けてから、オレはギターをセットして、弾いて聴かせた。

すぐに気付いたらしい。

「この曲って……っ！」

そう。リンが文化祭で歌うと決めた曲。そして、かつてリンが好きだと言っていた曲。オレがずっと練習していた曲だ。

我ながら完璧に弾けたと思う。

リンはぽかんと口を開けて驚いていた。

「な？　信じる気になったか？」

「……うん」

「文化祭、すげー楽しみなんだ。みんなの前でおまえが歌って、オレがこれ弾いたら、気持ちいいだろうなぁ」

「し……」

「ん？」

「……失敗できなくなった」

「ハハハ」

本当にプレッシャーを感じたのか、複雑そうな笑顔を見せていたリンだったが、やがてこう言った。

「ねえ、レン。もう一回弾いてよ」

「ああ、いいぜ」

何回だって弾いてやる、その時はそう思った。さすがに一時間くらい同じ曲をリクエストされ続けたのはまいったが。

そのあとも、じゃあ次はこれ、次はあれ、とリンの好きだった曲をいくつもリクエストされた。

あのころと違って、みんな弾ける。

でも、うれしそうに笑うリンの顔はあのころと同じで、懐かしかった。


【9月14日（月）　放課後】


夏休みは、忙しく過ぎていった。

手続きもろもろで転校先の学校にも何度か足を運んだ。飛行機と電車を乗り継ぐような距離で、あらためて遠いなと思った。

生徒会での自主練にも、何度も参加した。

みんなで夏祭りに行って花火を見たり、リンと約束していた買い物に出かけたり、どうしてもと頼まれて数日だけカイトさんといっしょにまたあのケーキ屋でバイトしたり。

部活ばかりやっていたころとはまた違う、充実した日々だったと思う。

少しだけ日焼けして、新学期になった。

目前に迫る文化祭のため、準備に奔走する合間をぬってバンドの練習も欠かさなかった。

「よーし、バッチリだな」

会長が、満足げにドラムスティックを振り上げる。機材や部屋を借りる関係もあって、全員でちゃんとした音合わせをする回数は限られていたのだが、その最後の機会にこれまでで最高の演奏ができた。

「練習の成果ですね。ああ、よかった、なんとかなって」

と、カイトさんは胸をなでおろしていた。慣れないベースなのに、ものすごい上達ぶりで、センスの違いがよくわかった。

「音がノッてるからなー。特にレン。追加の曲なのにものすごい上手いもんなー」

「いや、まあ、昔からずっと練習してた曲なんで」

「へえ〜。そうなのか」

なぜか会長は、リンの顔を覗き込んでくすくす笑った。こちらからあいつの表情は見えなかったが。

実際、全体的に音がノッてきたのはたしかだと思う。迷いがなくなったからか、オレの音もよくなったし、リンも同じだった。

ただ。

「……」

「おい、何しょぼくれた顔してんだ、レン。仕上げにもう一回通すぞー」

「あ。了解っす」

みんなが楽しそうにしているこの光景を見れば見るほど、寂しさが湧き上がってくるのも、事実だった。

♪　♪　♪

練習が終わり、全員で各教室の見回りをする。

時期が時期なだけに、オレたちよりずっと遅くまで残って準備するクラスや部活もあるが、大きなトラブルはないようだった。

さて、と生徒会室に戻ろうとした渡り廊下で、後ろから声をかけられた。

「レンくん」

声でわかる。ルカさんだ。

振り返ると、風にあおられる髪を指で搔きあげながら、思った通りの人物が歩み寄ってきた。

「どうだった？」

「異常なしっす」

いっしょに生徒会室へ向かおうとすると、ルカさんはその場で足を止めていた。

「……？」

なんだろうと思ってまた振り返ると、なぜか彼女は、思いつめたような顔をしてじっとオレのことを見ていた。

「レンくん、私の話、聞いてくれる？」

「え？」

体を向けると、ルカさんは何度か唇を噛むように口を結んだあと、小さく息を吐いた。

「……文化祭、成功するといいね」

「え、ああ、そっすね。きっと成功しますよ」

「私もそう思う。会長もそう思ってるんじゃないかな。あんなに楽しそうな会長、初めて見たし」

「そーなんすか？」

「……」

何か、迷っているような沈黙。こんなルカさんを、オレは見たことがなかった。

「……リンちゃんと、何かあったの？」

「えっ？　いやいや、なんもないっすよ」

「そう……」

もしかすると、オレの様子を気にかけてくれているんだろうか。

「リンちゃん、夏休み前くらいから、すごくよく笑うようになったと思わない？」

「あー、そう……かも」

「レンくんも、なんだかいきいきしてるし。私だけ置いてけぼりって気がしてさ」

「あっ、オレの場合は、あれっすよ。なんていうか、もうすぐ昔からの目標が達成できそうなんで」

「目標、かぁ…」

わずかに何か考えた様子を見せたルカさんは、オレの目の前まで近寄ってきた。本当に、すぐ目の前だ。体がくっつきそうで、緊張してしまった。

「私も目標があるの」

「え……」

「卒業した後で、何の目的もなくサッカーの応援なんて、行くと思う？」

真剣な目だ。吸い込まれそうなほどに。

長いまつげが、二回、上下した。

「私、ずっとレンくんが好きだった」

「――…」

頭のなかが、一瞬で真っ白になった。言葉の意味をすぐに理解できなくて、思考も体も完全に固まってしまって、呼吸することすら忘れていた。

「ええええっ!?」

「……って言ったらどうする？　ふふふ」

ルカさんはにっこりと笑って、オレの鼻をつまんだ。

「へ、え、あ、ああ、な、なんだ、冗談っすか!?　心臓止まるかと思った……」

全身から汗が噴き出すのがわかった。止まりかけた心臓もバクバク暴れている。

というか、奏高のアイドルにこんなこと言われてるのを見られたら、間違いなく男子連中にコロサレル……。

ルカさんは、オレを追い抜いて、背を向けたままでこう言った。

「さっき、誰の顔が浮かんだ？」

「え……」

「大事にしなきゃダメよ？」

さっきとは別の意味で、言葉が出なかった。

しばらく沈黙の時間が続いたが、そこにたまたま、会長が通りかかった。

「お、こんなところにいたのか」

オレのほうからは見えないが、会長からはルカさんの顔が見えたようで、なぜかぎょっとしていた。

「えっ、ちょっとルカ、なに泣い……」

何か言いかけて、会長はオレとルカさんの顔を交互に見てから、生徒会室の鍵をぽいっとオレに向かって投げ、

「よし、ルカ！　スイーツ食べ放題にでも行くか！」

と、ルカさんの肩を抱いて連れ去ろうとした。

「え、ちょっと、かいちょ……」

呼び止めようとしたオレを、しっしと手のひらで払って、大きなため息つきでこんなことを言う。

「来るな来るな。女同士の話をするんだよ。ったく、うちの男どもはどいつもこいつも〜」

「へ？　あ、はぁ……」

ますます意味がわからないが、結局ぽつんと一人取り残されてしまった。

オレは、鍵を握りしめたまま、その場で考えてしまった。

さっき、誰の顔が浮かんだ？

そう聞かれた時、自分でも驚くぐらいギクリとした。

あの日の丘の上のように、夕日がきれいだった。

（なんで……あいつの顔が浮かんだんだろう……）

5　今ごろ気付くなんて

【10月4日（日）　午後】

『○○行き××便にご搭乗予定のお客様は——』

空港内に、アナウンスが響いている。

すでに手荷物をカウンターに預けていたオレは、手ぶらで待合スペースの一角にいた。目の前にいるのは、メイコ会長、カイトさん、ルカさんの三人だ。

「ダメです。つながりません」

何度目かの携帯をかけて、ルカさんが首を振った。

「あいつ、どこで迷子になってんだよ……」

会長が眉を八の字にして、しきりに周囲を見回していた。

見送りに来る予定だったリンが、姿を見せないのだ。

親に頼み込んでオレだけ少し引っ越しの日程をずらしてもらったのだが、今日とうとうこの地を離れることになった。

転校を伝えた時は、みんなひどく驚いていたが、今はこうしてそろって見送りに来てくれる。

オレのわがままで急に伝えたにもかかわらず、だ。ありがたいと心底思う。

リンには、最初に伝えた。やっぱり驚いていたが、すぐに笑顔で激励してくれた。

夏休みからずっと忙しく、何も考えなくても体が勝手に動いてくれるのはよかったが、なんだか激流に流されていつの間にかここまで来てしまったような脱力感もあった。

（ここで遅刻ってのも、あいつらしいなぁ）

しっかり者に見えて、肝心なところで抜けているのは昔からだ。少し早めに来たこともあって、まだ三十分以上は余裕があるし、そのうち来るだろう。

しかし、ハッと思いついたように、カイトさんが顔を上げた。

「レン君！　リンさんの自宅の電話番号、知ってる!?」

なぜか表情に緊張が走っている。

それに反応したのは、ルカさんだった。

「え……まさか……」

「僕もまさかとは思うけど、でも……」

会長が弾かれたようにオレにつかみかかってきた。

「番号だ、レン！　吐け！　すぐに！」

「ぐ、ぐるじいよがいぢょー……」

まるで犯人扱いだ。本気で絞められて、息も絶え絶えに番号を告げると、ルカさんが慌てて電話をかけた。すぐにつながり、何言か話したあと、口調が変わる。

「じゃ、じゃあリンちゃん、おうちにいるんですねっ？」

会長やカイトさんと視線を交わし合って、うなずいている。

「すいません、今からおじゃましますっ。あ、あのそれから、リンちゃんには私から電話があったこと、まだ言わないでおいていただけますか？　おねがいします！」

会長がオレの肩をつかんだ。

「ここにいてくれ、レン。必ずリンを連れてくるから！」

「え、あ、ちょ……」

言うが早いか三人は、走ってその場を去っていった。

（あいつ、まだ家にいたのか……）

取り残されたオレは、しばらくその場に立っていたが、やがて待合スペースに並ぶイスに腰を下ろした。

ここからリンの家まで往復するとなると、どんなに急いでも一時間はかかるだろう。搭乗時間には間に合いそうもない。

（最後にバタバタしてるのも、らしくていいかな）

あとでメールでもしておけばいいか。そう思った。

リンといっしょにいると、飽きない。今だからわかる。中学でサッカーばかりやっていたのは、リンとの接点がなくなって退屈だったからだ。

昔から、あいつはそうだった。

こうと決めたらそれしか見ないし。

いつもオレは巻き込まれて。

振り回されて。

でも結局、あの笑顔で許してしまって。

(あれ……？)

目標は達成できた。子どものころからの夢がかなったんだ。

文化祭は大成功。歓声はいつまでも耳に残って、今でもありありと思い出せる。

思い残すようなことは、もう——。

(なんで……胸がチクチクするんだろう……)

首から提げた携帯型の音楽プレーヤーに入っているのは、文化祭でのリンの歌。放送部の友人が録音してくれたもので、生徒たちの歓声もそのまま録音されている。文化祭、楽しかったな。

来年は、きっともっと——。

「……」

そうか。

明日はもう、リンに会えないのか。

中学の時は、たとえ会話はしなくても、いつでも隣にいた。会おうと思えばいつでも会えたし、自然と目に入ることもあった。

子どものころは双子と呼ばれることに気恥ずかしさを覚えて、からかう友達に反発することもあった。

そんな関係も、ここで終わる、のか。

「リン……」

つぶやいた、その時だった。

隣のイスに、どかどかと人が座り込んできた。

「ほら、帽子がずれてる。マスクもちゃんとして」

「わかってるってばー。でもマスクは苦しいからイヤ。ほら、帽子とメガネで顔は十分隠れてるでしょ？」

「喉を守るためです！　プロ意識の高いミュージシャンはみんなそうしています！」

「はぁーい」

二人の人物だった。一人はきっちりとスーツを着込んだ大人の女性。もう一人、オレの隣に座っているのは、長い髪がびっくりするほどきれいで、帽子とメガネで顔を隠している……同じくらいの歳の女の子だ。

（どこかで見たような……）

つい目を向けてしまったら、あっちも視線に気付いたらしい。

その子は、オレの顔を見て、なぜか「あっ」と驚いていた。

「あなたって、あの時の……」

「……」

見れば見るほど、覚えがある。それもそのはず。いくつもの記憶をたどって、その子の正体に気付いた時には、息が止まった。

「……みっ！　ＭＩむぐぐっ」

その子から、手のひらで口をふさがれ、しーっと人差し指を立てられた。

横にいる女の人から怪しいものを見るような視線を向けられたが、その子が遮って言った。

「友達の友達なの」

呆然とするばかりのオレに、その子はにこりと笑った。

「あなた、奏高の生徒でしょ？」

「え、あ、は、はい。あ、でも……もうそうじゃなくなりますけど……」

「……？　どういうこと？」

「転校するんです。今日は引っ越しで」

「えっ!?」

ひどく驚いたその子は、思わず声をあげてしまったようで、慌てて自分で口元をおさえて周囲をうかがう。幸い、空港に今をときめく話題の歌姫がいることには誰も気付いていないようだった。

「転校って、ホントなの!?」

「え、ええ」

なぜそんなに驚くのか、わからなかった。

その子は、誰かを探すようにきょろきょろと周りを見た。

「一人?」

「そ、そうっす」

「そう……」

じっと何かを考えたように黙ったあと、その子は不思議なくらい真剣な目をしてオレの肩をつかんだ。

「文化祭、どうだった？　バンド成功した？」

「えっ？　ええっ？」

その時になって思い出した。そういえば、この子が奏高生だったことがあると、会長に聞かされたことを。

だから誰かに生徒会のことを聞いたとしても、おかしくはない。だとしたら、詳しく教えるべきだろうか。

「せ、成功しましたよ。あ、オレの幼馴染みも歌って、すげー盛り上がって」

「……歌ったんだ。そっか……」

やっぱりそうだ。

他人《ひと》事とは思えないほどホッとしている様子だった。

「転校、か……。遠いの？」

そう質問された時、ちょうどアナウンスが流れた。

『○○行き××便にご搭乗予定のお客様にご案内申し上げます。当便は空港への到着が遅れました影響で、十分から十五分遅れての離陸となります。ご迷惑を――』

「これっす。遅れてるみたいですね」

と、同時に気付いた。

胸ポケットの携帯が振動している。

その子に断わって、電話に出た。

相手はカイトさんだった。今どんな状況かと訊かれる。

「あ、たった今、離陸が十分遅れるってアナウンスがありました。……はい……はい。了解っす」

ギリギリまで待っていてほしいと、必死な様子で頼まれた。どうやら、リンを連れて、こちらに向かっているようだ。

電話を切ると、リンの顔が浮かんだ。

「……」

黙り込んでしまったことを、何か誤解されたようだ。隣から、同情的な声が飛んでくる。

「ねえ、よかったら、お茶でもどう？　聞きたいこともあるし」

「えええっ!?」

信じられないお誘いだ。こんな有名人とお茶したなんて、みんなに自慢できる。

でも……。

「あの、えっと……スンマセン。オレのこと見送りにきてくれるやつがいて、それを待ちたくて……」

その子はメガネ越しにパチパチとまばたきして、クスリと笑った。テレビで見るより、いきいきとした笑顔だった。

「それって、大事な人？」

「……」

考えるまでもなく、答えが浮かんだ。それがあまりにも自然で、口に出すのを自分で戸惑ってしまったほどだ。

「はい。大事です。とても」

まぶしいくらいの笑顔で、その子はうなずいていた。

そこで、横にいた女の人から声がかかる。

「そろそろ行きましょう。ここだと目立つわ」

「はーい」

と、オレの肩が強く叩かれた。

「がんばってね？　おねがいね？」

「え？　は、はぁ……」

思わず首をかしげてしまったが、聞き返すことはできなかった。

二人は立ち上がり、足早に人ごみのなかへと消えていった。

あまりにも突然な、現実離れした出来事に、しばらく呆然としてしまったが、再び搭乗を促すアナウンスが流れて、ハッと意識を戻した。

時計を見ると、本来の離陸時間になっている。遅れるとは言っていたけど、ここから搭乗口まではけっこう歩く。さすがにもう、手荷物検査を受けるゲートをくぐらないといけない。

でも、ゲートをくぐると、もうこちらに戻ってくることはできない。

……どうせ、手荷物はすべてカウンターで預けてしまったんだし、あとは通過するだけだ。もう少しだけなら、大丈夫だろうか。

「リン……」

ゲートの手前まで歩いて、周囲を見回した。

見えるのは、騒然としたロビーの人ごみだけだ。

それでも、しばらくその場で待ってみた。何も変わることはなかったが。

(もう、限界だな)

ゲートにいる係員に声をかける。その時だ。

「レン！」

まるで、喧騒が塗り替えられたかのようだった。やっぱりよく通る声だな、なんて思った。

人をかき分けて現れたリンの姿に、少しだけ驚いた。うまく笑顔を作れなかった。

「リン……おまえ……」

ぐしゃぐしゃになった髪。

部屋着にパーカーを羽織っただけの服装。

足元はサンダルで、片方は裸足だった。

(バカだなぁ……こんな必死に……)

目の前に立ったリンは、苦しそうに肩で息をしていた。

続けざまに会長たちもやってきて、全員の顔が並ぶ。

「ハァ……ハァ……レン……」

変に頑固で、向こう見ずで、まっすぐで……昔からそうだった。

「レン！　わたし……わたしね……っ！」

その顔は、あのころと同じだった。

今にも泣きそうな、泣き虫のリンのままだった。

だから、自然だった。自分でも気付かないうちに、リンの頭をなでていた。あのころと同じように。

やわらかい髪の感触が、手のひらから伝わってくる。

「リン、ありがとうな。オレのわがまま聞いて、歌ってくれて。おまえの歌、聴きながら行くよ」

胸のプレーヤーは、リンと買いに行ったものだ。

その時、搭乗を促すアナウンスが流れた。間もなく離陸するという。

最後にリンの顔を見ることができて、よかった。

「オレ、おまえと双子って言われるの、けっこう好きだったよ」

そのまま手を振りながら、ゲートに向かう。

去り際に見えたリンの顔は……笑顔じゃなかったけど。

大丈夫。

満足だ。

楽しかった。

楽しかった、はずだ。

ゲートをくぐり、早足で歩きながらイヤホンを耳に入れる。

ロビーと比べて人通りは少ない。

すいすい歩いて、目的の搭乗ゲートまでもうすぐだ。

(……オレ)

胸をおさえた。

チクリとする。

リンの泣く声が聞こえたような気がした。仮にそうだとしても、ここまで声が届くはずないのに。

そうだ。

子どものころと同じ顔をしている時は、不思議なくらいあいつのことがわかるんだ。

最後に見た、あの顔は……。

『三か月前にキリンの脱走騒ぎがあった動物園ですが、多くの要望を受け、二頭の仔キリンは同じ移送先で飼育されることが決まり――』

待合スペースを通り過ぎる時、テレビのニュース音声が聞こえた。

一瞬だけ、足が止まる。

（……あいつら、いっしょに暮らせることになったのか……）

ぽた、と手の甲に水滴が落ちた。

うれしいのか、悲しいのか、自分でもよくわからない。

でも、パッと思いついたのが真実、そんなことを言っていたのは、会長だったっけ。

今オレのなかにある、たったひとつ。

この気持ちだけ、ようやくわかった。

いつも隣にいた相手がいなくなって、一人になって……こんなにもどうしようもなく一人になってようやく、わかった。

「そっか……オレ、あいつのこと……」

歌声の聴こえるイヤホンを耳に押し付けながら、急に鉛のように重くなった足を必死で前に出した。

目元をこする仕草を、うつむいてごまかしながら。

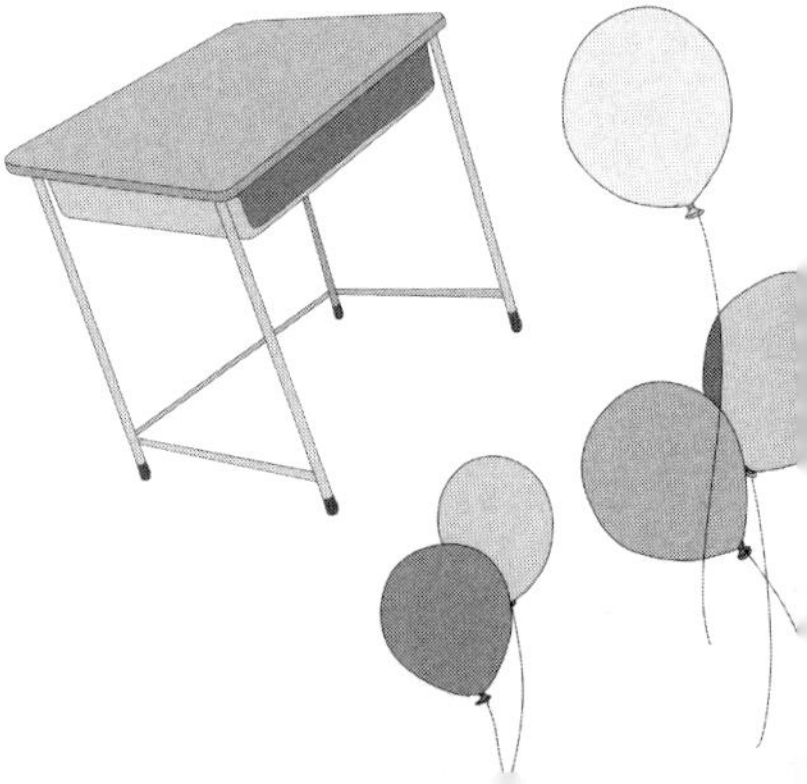

エピローグ……もしくは第3章
—Restart—

【3月17日（金） 午後】

桜の花びらが、目の前を流れ散っていった。

卒業式を終えた生徒たちが、泣いたり笑ったりして思い出を語りながら、校門の外へと消えていく。

わたしは、この奏丘高校で、もうすぐ三年生になる。

今年もまた、大きく変わりない春が当たり前に訪れた。

「会長ぉ〜」

生徒会役員の後輩の女子生徒が、走ってきた。

「お、遅くなってすみませんっ！　見送り代わりますね」

「うん、よろしくね」

仕事を交代し、わたしは校舎前にある桜の木の下に移動した。

そこに、卒業生保護者に駐車場の誘導をしていた男子生徒が通りかかった。

「あれ、会長。こんなところで何してるんですか？　仕事なら代わりますよ」

「ううん。人を待ってるだけだから」

「人、ですか？」

「そう。大事な知り合い」

「おおっ、まさかカレシっすか!?」

「ふふふ。違うわよ。生徒会の先輩だった人。わたしが一年生のころ名物会長だった人よ」

「あぁ～、よかった。明日から会長ファンがパニック起こすとこでしたよ」

「もうっ、からかわないで」

短い会話のあと、彼は会釈して校舎に戻って行った。

「ふぅ……」

一息つくと、温かい風がふわりと吹き抜けていった。

時折、人が通る以外は、静かだ。まるで音が薄青い空に吸い込まれているかのようだ。

生徒会も、人が増えた。今ではしっかりとした組織として認知されている。

あの少人数で駆け抜けた、目が回るほど忙しかった日々も、今では懐かしい。思えば、一番充実していたのはあのころだったかもしれない。

「リンちゃ～ん」

「リンさん」

校舎のほうから、見知った人影がふたつ、こちらへ駆けてくる。ルカ先輩と、カイト先輩だ。

「ごめんね～、リンちゃん。遅くなっちゃって」

「大丈夫です。わたしも今来たところです」

この人たちのことだから、きっと別れを惜しむ在校生たちにもみくちゃにされていたんだろう。

こうして個人的に挨拶ができるわたしは、恵まれている。

「先輩、卒業おめでとうございます」

二人に頭を下げると、すでに目が赤かったルカ先輩が、口元をおさえて泣き始めた。つられてカイト先輩も指で目元をぬぐっている。

感極まったように抱き付いてくるルカ先輩を受け止めて、わたしも泣いた。

一年生だったあのころと違うことといえば、わたしが素直に泣けるようになったところだろう。残念ながら背はまったく伸びなかったから、ルカ先輩相手だと少し背伸びをしないといけないけど。

「リンちゃん、今までありがとね。がんばってね」

「何かあれば僕たちいつでも協力するから」

ルカ先輩は、昔から行きたかったという音大に進学する。

カイト先輩は、学校の先生になるために大学の教育学部へ。

どちらも奏高からはそう遠くない。

会おうと思えば、会えるだろう。

でも、二人はこれからそれぞれの新生活が始まるわけだから、そちらにかける時間が多くなることもわかっている。距離が離れれば自然と疎遠になることも、経験上よくわかっていた。

「おっ、やってるね～。アタシもまぜてよ」

背後からの声に、ハッとして振り返る。こちらは久しぶりだ。

「会長!!」

「おいおい、今の会長はキミだろ、リン？」

そこには、持ち前のグラマーさにさらに磨きがかかったメイコ先輩が立っていた。短いタイトスカートからヒールを履いた長い足がすらっと伸びていて、ものすごい大人の色気が漂っていた。

「わたしにとってメイコ先輩は永遠の会長ですから！」

「あら、褒め言葉？　あのリンがお世辞なんて言えるようになったんだねー」

ケラケラ笑ったメイコ先輩は、ちらりと腕時計を見た。

「悪いね、式に出られなくて。カイト、ルカ、卒業おめでとう。カイト〜、ちょっとはヘタレ直ったかい？　ボーっとして大学で悪い女に喰われるんじゃないよ？」

「ええっ!?　だ、だいじょうぶですよ。まいったなあ……」

頭を掻くカイト先輩に、みんなが笑う。

たまらなく懐かしい。あのころの生徒会室の空気が戻ってきたみたいで、さっきまでとは別の意味でわたしは涙が出そうになっていた。

ちなみにメイコ先輩も、近くの大学に通っている。経済を勉強しながら、高校の後輩からの進学相談もよく受けているらしい。

あれからいろんなことがあったけど、わたしの高校生活の原点は、やっぱりこのメンバーでの生徒会だ。

ひとつだけ、大きな部品を欠いてはいるけれど……。

「そういえば、リン。最近連絡とってるかい？　ほら、レンと」

「……うーん。ずっとバイトで忙しいみたいで、あんまり……」

「なんだいなんだい、情けないねー。もっとガーッと行って、ぐわーっと襲いかかって、ガツンと言ってやらないと、あの天然ニブ助は気付きもしないよ？」

大きなジェスチャーつきで励ましてくれるメイコ先輩に、カイト先輩が苦笑する。

「それはさすがにリンさんのキャラじゃないですよ。メイコさんじゃないんだから」

「なんだとこのーっ！」

「ああっ、ひたひっ、この痛みなつかひいっ」

頬をつねるメイコ先輩を、ルカ先輩がなだめ、またみんなで笑った。

わたしも笑っては見せたけれど、笑顔になりきれてなかったと思う。

あれからレンは、すぐに向こうでアルバイトを始めたらしい。それも、かなりの時間を割いているようで、しだいに連絡はあまり来なくなっていった。今では、月に一度メールが来ればいいほうで、来たとしても、短いやり取りで終わってしまう。

やっぱり、どんなに想ってみても、距離には負けてしまうのかもしれない。

もともとわたしとレンは、言葉でつながっているような関係ではなかった。ただ距離が近くて、いつでも隣にいて、同じ行動をとって、双子と呼ばれていただけ。だから、いざメールをしようとしても、何を言えばいいのか悩んでしまう。

今ならわかる。

わたしは、もっとずっと小さいころから、たくさん伝えるべきだったんだ。

変な意地を張って、恰好ばかり気にして、わたしはかけがえのない、ふたつとない貴重な機会から、自分で逃げ隠れしていたのだ。

あの日、空港でレンと別れて、やっとそのことに気付いても、もう遅かった。

疎遠になって、お互いの生活サイクルがわからなくなればなるほど、どんな言葉を届ければいいのかわからなくなって、今でもこの気持ちをくすぶらせたままだ。

「いいんです、わたしは」

少しうつむいてしまったけど、なるべく笑って顔を上げた。

「もたもたしてたのはわたしのせいだし。一人にそんなに何度もチャンスが回ってくるわけじゃないっていうのは、わかってますから。自分のチャンスを何もせずに逃がしたのは、自分自身の責任ですし」

レンと離れてから、何度も自分に言い聞かせたことだ。

もう、わたし一人でじたばたしたって、どうなるものでもない。

もしも。

もしも、だ。

あのころに戻れるなら、きっとわたしは、迷わずレンに飛びついて、思いのたけをありったけ伝えることだろう。

そんな奇跡は、夢の中でだって起きなかったけれど。

「ふ〜ん……」

先輩たちは、なぜかお互いの顔を見合わせて、くすりと笑っていた。

「そうだね。チャンスは一人一回だね」

メイコ先輩は、またちらりと腕時計を見た。そして校門のほうに目をやって、ニッと大きく笑う。

「でも、双子だったらどうだい？　チャンスは、二人合わせて二回だろ？」

つられるように、わたしも同じほうを見た。

「ああ、来た来た」

と、カイト先輩が胸をなでおろしている。

「こっちよ〜。ほら、早く」

と、ルカ先輩が何度も手招きしている。

「ウソ……でしょ……」

わたしは一人、驚きのあまり言葉を失っていた。

向こうからやってくるのは。

見間違えるはずもない。

外にハネた髪。

目を細めて、口を横に開く、くしゃっとした笑顔。

「レ…ン……」

信じられないけれど、本当にレンだ。

レンが、歩いてくる。

手を振っている。

そして、ゆっくりと、わたしの目の前に立った。

「スンマセン、遅れました。どうせだから制服着てこようと思って、注文したの取りに行ってたんで」

そうだ。驚いたのは、その存在だけではない。服装だ。

あのころと同じ、奏丘高校の制服を着ているのだ。

「ど……どう…して………?」

うまく声にならない疑問に答えたのは、メイコ先輩だった。

「こいつさ、アタシと同じ大学に行きたいらしくて、相談されたんだよ。だから、親御さんも交えてたーっぷりアドバイスしたんだ。奏高なら推薦枠がありますよ、ってね」

レンがわたしの目を見て、笑う。

「がんばって金も貯めたし、今日からこっちで一人暮らしだ。よろしくな」

「え……ちょ、あの……じゃあ、バイトって……」

「ん？　そりゃもちろん、生活費のためだよ。自分でできるってとこ親にも見せなきゃ納得してもらえなかったからな」

「ひ、一人暮らしって……」

「あの家、まだそのままあるだろ？　またお隣さんだ。つっても一人じゃ広いし、たまには遊びに来いよ」

まるで、外国の言葉を聞いているみたいだった。

頭では理解しているのに、噛み砕いてのみ込むことができない。

ただ、間違いなく言えるのは、レンはあれから何も変わっていない。わたしの大事なレンのままだっていうことだ。

そのレンの背中を、先輩たちが一斉につついた。

「ほら、レン。積もる話は後にしてさ、キミには目的があったんだろう？」

「あ。……あー」

なぜかレンは、頬をカリカリと掻きながら、言葉を濁した。

何度か咳払いをして、わたしの目を、じっと見つめてくる。

「ああ、その……リン」

「……」

今、わかった。

あの時レンが言っていたこと。

時々、不思議なくらい相手の考えていることがわかる、って。
今のレンの気持ち。
これから言おうとしていること。
わかる。わたしにも。
「オレ、あの……おまえに言いたいことがあって……」
でも、ゴメン。
いいよね？
双子だったんだもん。
そのチャンス、わたしがもらっても……いいよね？
「オレさ、おまえのことが……むがが っ」
わたしに両頰をつねられて、レンはあっけにとられていた。

春は、ウソつきだ。
悲しい別れがあるよ。
新しい出会いがあるよ。
そんなことを、この舞い乱れる薄桃色の季節は言う。
でも、なかった。

別れはなかった。

出会いは新しくもなかった。

だけど、奇跡は起こった。

もしもひとつ、新しくなるとすれば。

今日からわたしは、もう後悔しないようにする。

いつもレンより先に言う。先に伝える。


「わたしは、とっくに好きだったよ」


だって、わたしは、レンの驚く顔も好きだから。

今は……涙でよく見えないけど。

「おかえり」

わたしは、きっとぽかんとしているレンの顔に向かって、精いっぱいに背伸びをした。

ただいまを言われるより先に、その口をふさいでみたくて。

奏丘高校卒業

あとがき

はじめましてのかたははじめまして、ココロ直と申します。性別は男でありながら少女向けライトノベルを主に書いているという、なかなかの希少種でございます。以後お見知りおきを。

いきなりですが、もしあとがきから読んでいるという人がいたら、少しですが内容のことに触れますので、どうかぜひ本文から先にお楽しみくださいませ。

さて、今回このような企画に参加させていただけたこと、大変うれしく思います。

編集部にて最初に伺ったコンセプトが『普通の高校生の普通の恋愛を』とのことでしたので、「それはいい！」と発奮しまして。あとは曲とキャラのイメージを壊さないよう自分なりに気を付けながら書いたつもりです。曲のファンのかたに少しでもご満足いただけていれば幸いです。

現在のライトノベル、とりわけ少女向けは、だいぶ前からファンタジー路線が主流となっているのですが、個人的には現代モノの恋愛なんかは大好物でして、機会があればガッツリ書きたいなと常々思っていました。現実を忘れられるというファンタジーの良さというものもあるでしょうが、誰にでも起こりうる…かもしれないという現代学園モノの魅力は、いつの時代も色褪せないと思うんですよね。そのへんに転がっているであろう小さな恋を拾って言葉で彩るなんてのは、物書きにとってこの上なく名誉な仕事だと思うわけです。

僕としては、ようやく同じ想いで同じ方向を向いたリンとレン、そして他の生徒会メンバーたちのその後に興味は尽きないのですが、この物語のここから先を読者の皆さんにも想像していただけたらなと思います。それぞれの素敵な未来を紡いであげてください。

願わくは、リンが歌うシーンは共に歌っていただいて、各章の終わりには『メランコリック』をＢＧＭに……というのが僕のささやかな望みです。

ちなみに、作中の重要アイテムなんかは大きいものから小さいものまで、可愛らしいＰＶからいくつか反映させてあります。個人的にこれがかなり苦心したので、読み返すときにでもあれかなこれかなと探して楽しんでいただけるとうれしいです。

最後に、Ｊｕｎｋｙ様、ちほ様、ＰＨＰ研究所の小野様、曲動画の視聴者の皆様、そしてこの本を手に取ってくださったあなたに、心から、格別の感謝を。

それでは。

ココロ直

あとがき

〜むかしむかしあるところに緑のパーカーを着た無愛想な少女がいました。大きなリボンが似合うその少女は気が強く、自分の感情を表に出すのが苦手でした。どうして毎日そんな憂鬱そうな顔をしているのでしょうか〜

それは4年前の4月19日、僕が初めてこの少女に驚かされる日だ。この少女の無愛想な表情の裏側にある感情を表した楽曲が嬉しいことに多くの人に聞いてもらえた。

そして今僕はまたこの少女に驚かされている。楽曲の内容は主人公の紹介に近いかもしれない。しかしこの本によってこの少女をはじめキャラクターが文字によって動き、感情を表に出している。一文毎《ごと》にドキドキ、ワクワクして、笑ったりハラハラさせたりしてくれる。楽曲とは違う、少女の日常を垣間見せてくれるのだ。

内容にしても、楽曲では恋に恋をするといった淡々としたものであったが、この本では楽曲にはない瞬間瞬間の感情や、新鮮なキャラクター背景などがある。全てが魅力的で、僕がイメージするそれぞれのキャラクター像とぴったり合っている事にずっと驚いていた。個人的に、この少女の生徒会長ぶりを密かに眺めていたいというマニアックな何かをも考えさせられるほどである。

この書籍化のお話を頂いた時、まず単純に嬉しいという感情が生まれた。当然のように心が躍り、軽く乱舞した。もうひとつこの少女の日常が見れる、といった変態的とも取られそうな感情が生まれた。どういった日常を送っているのかなどはもちろん疾《と》うに想像済みであるが、実際に読んでみるとどうだろう。自分が描いていたパターンにもあったはずなのだが、新鮮だと感じてしまう。魔法のような力とまでは言わないが、それに近い何かを感じざるを得ない。

僕はこの少女が大好きであるが故に、色々と受け入れてしまう傾向にあるのだろうか。
この少女のファンである僕も納得の今作品だということではないだろうか。
ささやかな箇所にまで配慮してくださった著者様へ心から感謝したい。

～むかしむかしあるところに緑のパーカーを着た無愛想な少女がいました。大きなリボンが似合うその少女は気が強く、自分の感情を表に出すのが苦手でした。どうして毎日そんな憂鬱そうな顔をしているか。僕がそうであるように、この本を読み終えればわかる事。いとしのメランコリー……～

Ｊｕｎｋｙ

メランコリック

書籍化おめでとう &
ありがとうございます!!

たぶんボカロ史からすれば、かなり初期の方の楽曲ですよね・・・！
ちょうどメランコリックレモンソーダのお話と同じくらいに
お声がけいただいて、「えっ！？今メランコリックなの！？」
とびっくりしたのが正直なところです。
メランコリックリンちゃんをまた描けて、すっごくすっごく嬉しいです。

”ガラじゃない”ことをするのってすごく勇気がいることで、
このリンちゃんにとってはみんなの前で笑うことすら
すごく勇気がいることなんじゃないかな、と思いながら描きました。
作中通してずっと、他の人に憧れつづけたリンちゃん。
そんなリンちゃんの成長を、イラストでうまいこと追えてたら嬉しいです。

ずっとリンちゃんの羨望の対象だったルカさん。
ほんとにいい娘さんですね・・・！株が急上昇でした(笑)
ルカさんはルカさんで、平凡だけどドラマチックな
いい恋をして、幸せになってほしいです。

最後に素敵なストーリーをつけてくださったココロ直さん、
本当にお世話をおかけしました・・編集のOさん、
すべてを暖かく見守りまたメランコリンちゃんを
描かせてくださったJunkyさん、ありがとうございました！

そして書籍化までしていただけたのは、
メランコリックを好きって言っていただける皆さんのおかげです。
ほんとにほんとに、ありがとうございました！

ちほ

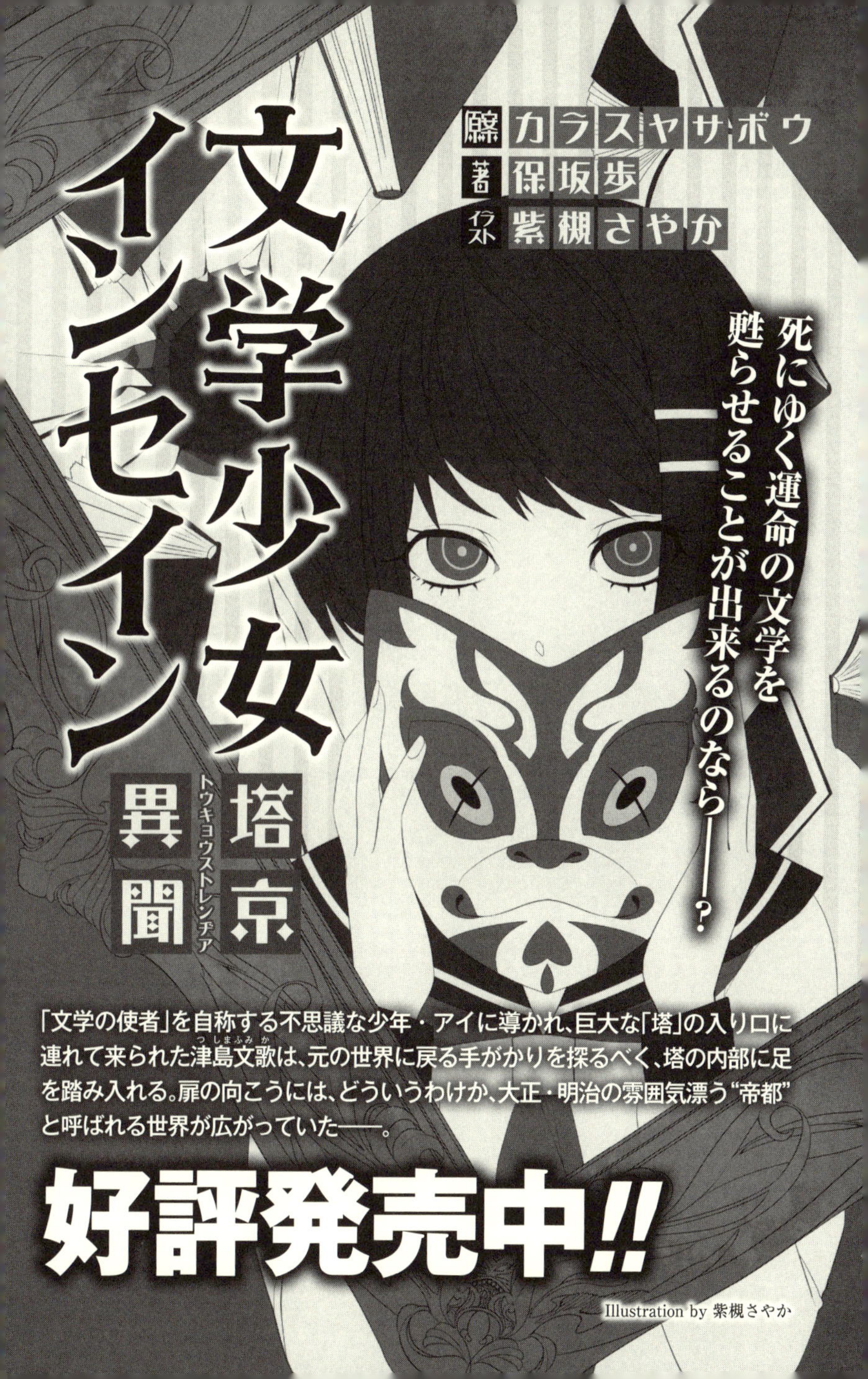
文学少女インセイン
塔京異聞《トウキョウストレンヂア》
原案 カラスヤサボウ
著 保坂歩
イラスト 紫槻さやか
死にゆく運命の文学を甦らせることが出来るのなら――?
「文学の使者」を自称する不思議な少年・アイに導かれ、巨大な「塔」の入り口に連れて来られた津島文歌《つしまふみか》は、元の世界に戻る手がかりを探るべく、塔の内部に足を踏み入れる。扉の向こうには、どういうわけか、大正・明治の雰囲気漂う“帝都”と呼ばれる世界が広がっていた――。
好評発売中!!
Illustration by 紫槻さやか

●原作
Junky

●著者
ココロ直

●イラスト
ちほ

●編集協力・デザイン
スタジオ・ハードデラックス株式会社

●協力
クリプトン・フューチャー・メディア株式会社

●プロデュース
小野くるみ（PHP研究所）

小説「メランコリック」は、楽曲「メランコリック」を原案としています。「鏡音リン・レン」公式の設定とは異なります。

初音ミクとは

『初音ミク』とは、クリプトン・フューチャー・メディア株式会社が、2007年8月に企画・発売した「歌を歌うソフトウェア」であり、ソフトのパッケージに描かれた「キャラクター」です。発売後、たくさんのアマチュアクリエイターが『初音ミク』ソフトウェアを使い、音楽を制作して、インターネットに公開しました。また音楽だけでなく、イラストや動画など様々なジャンルのクリエイターも、クリプトン社の許諾するライセンスのもと『初音ミク』をモチーフとした創作に加わり、インターネットに公開しました。その結果『初音ミク』は、日本はもとより海外でも人気のバーチャル歌手となりました。3D映像技術を駆使した『初音ミク』のコンサートも国内外で行われ、その人気は世界レベルで広がりを見せています。

『鏡音リン·レン』『巡音ルカ』『KAITO』『MEIKO』は、同じくクリプトン社から発売されたソフトウェアです。

WEBサイト
http://piapro.net

メランコリック

2014年　6月　6日　第1版第1刷発行

原　作　Junky
著　者　ココロ直
発行者　小林成彦
発行所　株式会社PHP研究所
東京本部　〒102-8331　千代田区一番町21
エンターテインメント出版部　☎03-3239-6288（編集）
普及一部　☎03-3239-6233（販売）
京都本部　〒601-8411　京都市南区西九条北ノ内町11
PHP INTERFACE　http://www.php.co.jp/
印刷所　凸版印刷株式会社
製本所　東京美術紙工協業組合

ISBN978-4-569-81868-9